全民微阅读系列

紫 桑 葚

高 军 著

江西高校出版社

图书在版编目(ＣＩＰ)数据

紫桑葚/高军著. —南昌:江西高校出版社,2017.9
(2020.2重印)

(全民微阅读系列)

ISBN 978 - 7 - 5493 - 5879 - 3

Ⅰ.①紫…　Ⅱ.①高…　Ⅲ.①小小说—小说
集—中国—当代　Ⅳ.①I247.82

中国版本图书馆 CIP 数据核字(2017)第 215534 号

出 版 发 行	江西高校出版社
社　　　　址	江西省南昌市洪都北大道96号
总编室电话	(0791)88504319
销 售 电 话	(0791)88592590
网　　　　址	www.juacp.com
印　　　　刷	永清县晔盛亚胶印有限公司
经　　　　销	全国新华书店
开　　　　本	700mm×1000mm　1/16
印　　　　张	14
字　　　　数	180 千字
版　　　　次	2017 年 10 月第 1 版 2020 年 2 月第 2 次印刷
书　　　　号	ISBN 978 - 7 - 5493 - 5879 - 3
定　　　　价	36.00 元

赣版权登字 -07 -2017 -1022

目录

CONTENTS

考　验

一走进教室,白玲就感到气氛有点不对头。学生们的脸都紧绷着,没有做小动作的,更没有交头接耳的,很安静,但又好像不太安心于听课,总像是有什么不寻常的事儿正酝酿着,马上就要爆发一样。

头午突然发生了一场震感比较强烈的地震,当时学生都从教室里跑了出去。过后,到处惊惊慌慌的。白玲想,现在学生仍有些心理波动也是正常的。她笑了笑:"上午的地震是4.8级,据地震部门说,我们这里确实处在地震带上,但近期不会再发生大的地震,我们不要再有什么思想负担,安心学习就是了。但也要时刻注意一些,有情况就马上往外跑。"

说完这几句,她就开始讲课了。但她感到自己这几句空洞的话对学生好似没起什么作用。她想这也是正常的,就以平静的语调开始讲这节课的内容。讲课中,她尽量表现得沉稳、大方。时间一分一秒地过去,粉笔字眼看就要写满黑板。

"哗啦啦!"文具盒落地。

"咣当当!"桌椅震动。

"地震了! 地震了!"几个学生慌慌张张地喊着,站起来就往门外跑去。

在第一时间,白玲迅速停下正写着的字,转过身来,将课桌猛地往身前一拉,高声喊道:"别慌! 按顺序赶快往外跑,一组! 二组接上,三组快,四组,五组,六组。"

当时桌沿把她的腹部撞了一下,很疼。后背紧紧地贴在黑板上,一股凉意在肆意蔓延着。但毕竟让出了更多的空间,她感到了欣慰。

学生们非常有秩序地全部快速跑出了教室。白玲长长地出了一口气,一下子感到疲惫极了。她快速推开身前挤着自己的教桌,也快速地出了教室。

学生们在教室前的空地上散乱地站着,眼光全部集中到白玲老师的身上。他们发现,老师漂亮的烫发头上落满了粉笔屑,上衣后背褶褶皱皱的,抹上了白白的一层粉笔面儿。

学生们没有一个说话的。空气似乎凝结住了。白玲在这堂课刚开始时感觉到的不正常好像还仍然存在着。她回头看一眼教室,教室安安静静地站立在那里,前后门就像两只变形的大眼睛在惊奇地盯着他们。

其他教室里的学生们都仍在上课,对刚才发生的事情好像一点也没有感觉似的.难道他们没有感觉到地震?

白玲转过身来,逐一地看着自己的学生们。

过了一会儿,几个男生畏畏缩缩地走上前来,低着头,眼睛盯着脚尖:"老师,对不起。是我们故意弄的动静,故意喊的……"

白玲心里一下子蹿起火苗来,本来就人心惶惶的,这样捣乱也太气人了,在整个学校会造成什么影响?

但她看到这几个学生欲言又止的样子,就强忍着火气,静静地看着他们。

学生们小声地继续说着:"上午地震时,地理老师粉笔一扔,谁也不管他自己第一个先跑了出去。……我们对老师,非常非常失望,所以……"

他们的眼睛红红的,泪水在眼眶里打转。白玲感到自己心中的怒火正逐渐消减着。她抬起右手,轻轻摆了摆,示意他们不要再说了。

这几个男生嘴唇紧紧地抿着,突然缓缓地举起右手,严肃地向白玲敬一个礼,其他学生也都对着白玲举起了右手……

白玲看到,全体学生的眼里都蓄满了泪水。

白玲脸色又逐渐严肃起来,手向教室扬扬:"好了,继续上课吧。"

他们刚进教室不久,学校负责检查纪律的人就过来了,站在门外问:"白老师,刚才你们班是怎么回事儿啊?"

白玲严肃的脸色消失了,她对班上的学生笑了笑,走到教室门口:"上午不是地震了吗? 刚才,是我给学生们搞了一次快速撤离的演习。没什么了,我们正常上课了。"

"影响其他班上课,这不是……"检查纪律的人还想说什么。

"对不起,有什么问题,课后我再找你们,先让我们上课吧。"

她转过身来,快步走上讲台,开始继续讲课,她看到学生们眼睛亮亮的,紧绷着的小脸上开始透出轻松和笑意,课堂气氛恢复到了正常,于是她讲得更有劲了。

敲钟的老人

　　在校园的西北角上，有一口两间低矮的西屋。屋顶上苫的麦秸已变薄了，呈现出灰黑色。老式的木板门和老式的木窗棂在农村都很少见了。屋前有一棵老槐树，黑褐色树干上，树皮那不规则的纹路好似老年人脸上的皱纹。在上边的树杈上，挂着一个生铁铸的钟，已经锈迹斑斑。耷拉下来的绳子，斜牵着挂在门边。

　　偌大的校园里，正在搞建设，楼房眼看着站立起来。校长和负责监工的老师带着人来到这座草房前，指指划划，准备把树杀掉，把房子拆除。

　　"好啊，你得把我先杀掉了再说！"随着声音从屋子里走出来一位老人。由于生气，脸上的皱纹更紧地聚在一起。

　　校长赶忙笑着打招呼："老胡啊，楼房盖起来，它们就有碍观瞻喽。咱们要配备电子报时钟，这些不需要了，所以……"

　　老胡不客气地打断校长的话："我这老该死的也不需要了，你打算怎么处置？"

　　"你为咱们学校辛勤工作了这么多年，是有功之臣啊。以后你要搬到楼上去，享清福。敲钟一辈子了，不容易啊！放松放松吧，老胡。你的一切待遇都不会有什么变化的。"校长安慰他。

　　他倔强地把头一梗："我哪里也不去，就住在这屋里。"

　　校长愣了愣，半天，轻轻挥挥手，带着来人走了。

　　楼房很快建好，电子报时钟也已全部配备上。可每到时间，老胡都会准时敲响清脆的钟声,和电子报时钟竞争似的。开始,很多师生感到别扭。时间长了,也就习惯了。

这天,突然老胡先敲响了他门前的钟,而电子钟却没有响。

老师们看看表,是到了上课时间,于是就按照老胡的钟声来到教室。上课几分钟后,电子钟也响起来。

凑巧的是,县教育局来人正检查工作,发现了问题,就对校长说:"这样不行吧,还不乱了套。"

校长着急了,就来到老屋:"老胡,别添乱了好不好?"

"我添什么乱啦?"老胡理直气壮。

"有电子钟了,你就不要再敲了。声音不一致,步调不统一,怎么上课? 再说,你闲着干点什么不好啊。"校长强忍耐着,好说了歹说。

老胡在这个学校干了一辈子,对校长的话根本就没当回事:"时间叫它一样不就行了。"

"你就这样乱敲它怎么能一样?"校长生气了。

老胡:"我没有乱敲,我敲的是北京时间。"

校长这才想起似的看看手腕上的表,又抬头看看老胡挂在墙上的挂钟,嘴唇抿了抿,不说话了。

"好,我回去对好电子报时钟。"校长平静下来,对老胡笑了笑,"真理掌握在你的手里啊,但……"

老胡也笑了,正想说点什么,猛然扭头一看,下课时间到了,就跑到门口,快速地抓起绳子敲起来,顿时,"当、当、当……"响亮的钟声迅速传遍校园,老师和学生们陆续走出教室。

"我得赶快去弄好电子钟了。"校长快速走了。

毕竟年龄不饶人,在这不变的钟声里,老胡的头发几乎全白了,腰也有些弯,脚步越来越踉跄。

不过人们看到，只要抓住钟绳，就好似充了电，他一下子就进入了状态。

"唉，这老家伙，有什么意义？"有人叹息。

"发贱呗。"有人撇着嘴，轻蔑地说。

"神经不正常，有毛病。"有人尖刻地讥讽。

校长听到了，狠狠地瞪一眼，人们不吭声了。

议论就这样被一次又一次平息了。

终于，老胡再也撑不住了，倒下没几天就去世了。

没人再敲响这钟，校长突然感到心里失落落的，慢慢地走到老槐树下，抬头看着那锈迹更重的钟，半天一动也不动。

盖楼时负责监工的那老师凑过来，斟酌了一会儿，才说："老胡也没了，这房子、这槐树、这钟……都赶紧处理了，咱们的校园就更美观了。"

校长仍抬着头，眼光认真地盯着被老胡敲了一辈子的这口钟，又过了半天，才转过头来，声音很轻地说："不，留着它，永远留着它们。"

"为什么？"他感到疑惑不解。

校长很动感情地说："你听，钟好像又被老胡敲响了。"

校长说完，就把低垂着的钟绳抓在手中，好似要敲的姿势，最终没敲，只是仔细地送到门边，稳稳地把它挂在墙上。

一场特殊形式的高考

最后一场考试结束,考生和监考老师都迅速离去了。笼罩了几天的紧张气氛一下烟消云散,校园里出现了真正的安静状态。作为本校的老师,张老师被领导安排来检查每个作考场的教室是否都关好了门等事宜。他刚从三楼来到二楼,一个学生模样的小伙子喘着粗气满头大汗地飞跑了上来,从裤兜里掏出一个小薄本,看一眼,就又匆匆往前走去。张老师很奇怪,就跟了过去。

小伙子在第十二考场的门前停下来,使劲往前靠着,脸紧紧地贴在玻璃上,往里急切地看着,脚后跟越抬越高,最后只有脚趾踩着地面了。

张老师在他身后不远处停了下来,疑惑地盯着他。

过了一会儿,小伙子的脚心和脚跟先后落了地,可能意识到身后有人了,慢慢转过头来,不好意思地抿着嘴唇勉强地笑了笑。

"你是考生? 在里面落下东西了?"张老师微笑着,轻声问他。

"没,没。"小伙子的嘴唇抿得更厉害了。

"那你这是……"张老师不明白了。

小伙子又看了看自己手中的小本本,脖子一软,低下了头。张老师也看清楚了,那是今年高考的准考证。张老师向前一步,从小伙子手中拿了过来。原来就是这个考场的准考证,上面的名字是王大全。

"王大全同学,你还有什么事儿吗?考完了不回家怎么又回来了?"张老师不明白是怎么回事,就又问道。

小伙子慢慢地抬起了头,眼圈红红的,眼泪包着眼珠,眼看就要淌下来。

"王大全同学,有什么事儿跟老师说,"说着,张老师把这个教室的门打开了,招呼着,"进来坐下,先休息一下。"

王大全眼睛里亮光一闪,很感激的样子,接着快速地跨进门口,找到自己准考证上的位置,坐了下来。他慢慢地很隆重地把准考证放在了桌面的左上角,然后从兜里掏出了折叠着的一摞厚厚的纸片,神情严肃地一层一层地展开着。

张老师教过多年学,经验丰富,知道自己又遇到了特殊情况,尽管是外校来考试的学生,他也会尊重学生的个性特点,所以也就不急着走了。

他走到王大全的桌前,发现是一份从微机上打印出来的今年高考的第一门课的试卷。王大全抬起头来,眼巴巴地盯着他,好像有所祈求的样子。张老师站在那里,用柔和的眼光鼓励着,静静等待着。

又过了几分钟,王大全结结巴巴地开口了:"老师,我没能参加成今年的高考,可我就想考一考啊,您、您能不能给我监考,让我把这门考了过一下瘾?"

张老师一愣,不知是出了什么事儿,但知道其中肯定有隐情,又不能主动问。现在的学生,不想跟你说的事情,怎么问也不会有结果的。尽管马上到了下班时间,他还是神色凝重地点了一下头,同意了。

王大全拿出笔来,先快速地写上自己的名字考号考场等,又抬起头来,解释道:"老师,这试卷是我请别人打印的,我绝对没看过,真的。"

张老师信任地点点头,王大全轻轻出了一口气,俯身认真做题了。

王大全在纸上唰唰地写着、涂着。张老师严肃地站在讲台上,有时候也走下去巡视一下。他怕自己的家属会打电话叫他回去吃饭,先往家中发个短信,就关机了。时间一分一秒地过去,张老师的肚子开始咕咕叫起来。由于低血糖,一吃晚了饭,就不舒服。他顾不得这些了,只管认真地为王大全监考了。

校园里还是没有一点动静,只有楼前的白杨树在轻轻摆动着翠绿的叶子,金色的阳光在上面被抖动得站不住脚,就柔和地往地面上流淌着,到了地面也就自觉地躲开了那枝叶的影子,向外铺展开去。

两个小时后,王大全做完试卷,检查后交了上来。张老师心中一愣,但外表上并没动声色,认真地接了过来,放在了教桌上。王大全向门口走了两步,停下,回过头来。犹豫了一会儿,毅然低头向张老师敬了一个礼:"老师,谢谢您。"

张老师什么也没说,认真地看着这唯一的一份试卷。

只听王大全又低声说道:"因为高考的前一天,父亲在工地上被砸伤了腰脊椎,所以我耽误了高考。父亲会高位截瘫的,所以我不会再有高考机会。谢谢您让我体验了高考的过程,尽管是一门,我也满足了。"

原来如此!张老师的心沉了下去,有些疼。由于没吃饭,眼前有些发黑,脚步也轻飘飘的,他有些踉跄地走过去,一手抓住小伙子的胳膊,一手轻轻拍着他的肩膀。过了一会儿,王大全软塌塌的肩膀挺了起来。张老师松了一口气,两手拿开了。

小伙子嘴嗫嚅着,还想说什么。

张老师知道，他肯定是为占用了自己的时间表示道歉之类，就劝他道："去吧，小伙子，赶紧回医院吧，父亲肯定盼着你去了。"

王大全的眼泪哗哗地淌下来，紧紧地握了一下张老师的手，然后迈着大步，向楼下走去，那橐橐的脚步声慢慢小下来，最后完全消失了。

张老师把这份试卷认真地收起来，他知道自己会永远收藏的。

三枚红印章

得到老师去世的消息，我急急忙忙登上火车，往家乡赶去。

村庄，树木，蓝天，白云，在车窗外快速向后飞去，我的思绪也逆着时光回到了从前。

我的家在沂蒙山区的一个小山村，那里一直非常贫穷。上初中二年级的时候，我的家中遭遇了一系列的变故，欠下了一大屁股债。

这天放学后，娘把我叫到跟前，无声地流着眼泪，过了一会儿，才小声地同我商量："妮子，别上学了，咱上不起了。"

心一阵冰凉，大脑里一片空白。几天来，我一直有这种预感，现在终于被证实了。我感到了彻底的失望，点点头，尽量平静地说："行啊娘，我不上了。"

第二天，我就在家里了。家中其实是没有多少事情可做的，我就帮着娘做做家务,或跟着爹到地里干点农活。

我说的老师叫高辉仁,是我老家初中的语文老师。他40多岁的年纪,头发白了大半,高高的,瘦瘦的。经常昂着头,对我们爱理不理的。同学们私下里议论起来,有的说他傲,也有的说他家里穷,是一股硬气在撑着。不过,同学们都承认他课教得好。

在我不去上学的第三天下午,高老师来到了我们家,娘又唠叨了一遍我们家的贫穷情况。我感到有一种无地自容的窘迫,跑出去也不是,在跟前更不是。我躲进了里屋,再也不露头了。高老师看不出有什么感情,说:"让她去吧,学校里收钱的时候,我先想办法给垫上。这孩子学习还是不错的,不上了太可惜啊。"

"听说老师都发不出工资了,哪能这样啊。再说您家里也不宽裕。不行,不行。"娘的声音越来越小,然后又大声向里屋问,"妮子,您老师来叫你,你还去上吧?"

我的心中不知怎的,有一种羞愤的感觉,就在里屋小声但坚决地说:"俺不上了。"这时,我的眼泪唰唰地流下来了,好像要晕过去。后来老师是怎么走的我也不知道。

又过了四天,高老师再次来了。几天不见,他好像又瘦了一圈,脸上透出一丝疲惫,一进门就大声说着:"好啦好啦。"

我总感到他有些做作似的,他接着说:"高军她得奖了。"说着就把手中的一张纸在胸前向两边摊开来,并向我娘递过来。

我凑上前一看,是一张奖状,下面盖着一枚通红耀眼的红印章,上边说我的作文《红荷包》在全国作文竞赛中获得了一等奖。

高老师经常鼓励我们投稿,前一段时间他组织我们参加作文竞赛,当时他看了我的这篇文章说写得欠火候,但可以寄去试试。

想不到的是,就是这篇文章竟获了奖!老师又从上衣兜里掏出一把钱,说:"喏,还有250块钱的奖金呢。"

我和娘都还愣着呢,高老师又说:"我说过,这孩子会有出息的,不上学太可惜,明天回学校吧。"

尽管家里穷,可有了这笔钱,我还是又回到了学校,爹娘高兴,我也舒心了。

在此后的 3 个学期中,高老师都组织我们参加作文比赛,其他同学没有一个获奖的,只有我每学期得一个奖,奖金的数目大致够我一个学期所需上交的费用。到我初中毕业的时候,手中就有了 3 张盖着红红印章的奖状。

由于高老师的帮助和鼓励,我的自信心大大增强,学习成绩逐渐跨入了全年级前列,后来考入了县里的重点高中。尽管家中仍不富裕,但我还是上了高中,上了大学,参加了工作,直到有了今天的日子。

可以说,如果没有高老师,绝对没有我的今天。

回到家乡,我直奔老师家去。丧事早已办完,老师家中的悲痛气氛已不是很浓了,师母也能平静地接待我了。

我陪着师母流了半天泪,又抬起头看着后墙上挂着的高老师的遗像,他仍平静地看着我,没有什么感情的样子。当我收回目光的时候,猛然发现了正面靠墙的条几上放着的那三枚红印章。

我感到很奇怪,高老师是一介布衣,从没当过官,家中怎么会有圆圆的红公章,并且还是三枚!

我慢慢站起来,向前走去。

师母有些慌乱,好似想阻止我。

但我此时已经拿起了其中的一枚,它是红色硬塑料的,拿在手里有一种暖暖的感觉,我把它轻轻反转过来,啊,这竟是作文大奖赛组委会的印章! 我获得的奖状上就盖着这枚印章!

我的手哆嗦着,又拿起了另外的两枚印章。像我预料的一样，那正是盖在我的另两张奖状上的印章。

"我……师母，原来是……"我带出了哭腔。

师母看着我，慢慢点了点头。

在我辍学的时候，高老师想帮我，但他知道我的脾气，怕伤害了我那敏感的自尊心，就想出了这么个办法，让我心安理得地接受了他的帮助。

师母说："你的老师还一直担心你不能原谅他对你的欺骗，才留下了这些印章。要是你不生气的话，我就可以销毁它们了。"

我纵情地哭着，请求师母："留给我吧，我将永远保存好这三枚红印章。"

因为我知道，这三枚红红的印章已深深地盖在我的生命之中了。

午　饭

一块不完整、不规则的四边形阳光黄灿灿地铺在房间的地面上。大山一觉醒来，伸了个懒腰，扭头看了一下墙上的石英钟，已接近上午十一点了。昨天高考结束，今天终于睡了一个安心觉，大山觉得基本上休息过来了。

他赶紧洗刷一下，就下楼了。尽管天气已经很热，但妈妈还是在楼下的储藏室里舞弄着一台手工编织机，为玩具厂加工玩具上配套的小帽子、小围脖什么的。大山一到门口，就感到一股热气迎面扑来,里面有一种机械摩擦的味道。他上高中的这几年,五冬六夏,妈妈的大多时间都是在这个小空间里度过的。当然,为他做饭的时候除外。

他顶着这股热气走进去,眼睛有些湿。妈妈说:"睡醒了,儿子?"

他点点头,问:"中午吃什么?"

儿子这几年中午饭没有准时吃过,高中阶段他只是中午回来吃一顿饭,其他时候都在学校吃,而在家中这顿午饭总得急火火地吃完,立即上床睡一觉,马上再赶到学校去上下午的课。所以就征求他的意见道:"你想吃什么,我一会儿就去买。"

"猪头肉和鲤鱼吧,"说完,他有些不好意思地走上前去,拉起母亲的手来,"别干了,这就去买,行不?"

母亲笑了笑,疼爱地说:"好好好,这就去买。"

他跟着母亲来到菜市场,母亲笑话他:"这么大的小伙子了,现在跟着我买菜,以后恐怕会跟着媳妇去买菜的,多没出息啊。"

他笑笑,也不反驳。来到一个卖猪头肉的跟前,他停住了。"怎么,真想吃这个啦?"母亲问,他就赶紧点头。母亲戳着他的额头:"真随你老子啊。""那我才是老爸的儿子啊。"

接着,他又看着母亲买上了一条鲤鱼,就不再发言了。母亲再问,他就说:"别的随便了,青菜吧。"

回家的路上,他让母亲先回。母亲想说什么,他却跑远了。母亲摇摇头,笑笑作罢。

他在路上慢慢地走着,太阳已经在头顶正上方了,光线照在身上,有些灼痛。路面上好似有一些光点在蹦跳,闪得让眼前明明暗暗。脸上的汗水不停地淌着,从眼角进入眼睛里,渍得眼珠生疼。他赶紧挤一下眼,用手抹一下脸往地上甩一下。

他来到城南个体出租车停车场，一眼就看到了父亲下岗后借遍所有亲朋买的那辆小货运车正毫无脾气地停在那里。父亲在驾驶室里坐着，双手紧握方向盘，随时准备出发的样子，眼睛好像猎人在搜寻猎物一样四处睃望着，急吼吼地盼着有人来雇用自己去干活。驾驶室里的气温肯定更高，大山看到父亲脸上的汗水流得更快。

看到儿子，父亲打开车门跳了下来，先把头甩了甩，让汗水飞出去。看到儿子眼睛有些发红，不放心地问道："有事儿？"

"回家吃午饭。"儿子嘴抿了抿，颧骨错动着，小声说。

"嗨嗨，我在外边吃就是。"他看儿子紧盯着自己，解释说，"一走了，可能就有活儿耽误了，你回去吧。"

儿子仍然固执地站在那里，等着他。恰在这时，还真来了一份活儿，他就与来人谈这笔生意，谈好后他对儿子笑笑，发动开车走了。四十多分钟后，他回到停车场，一眼看到儿子仍在等他，脸被阳光烤得红红的，心疼得把车门狠狠地一甩关上，心窝里热热的，跟着儿子回家了。

女人在家已经把饭准备得差不多了，听到门响抬头看到爷儿俩一块走进家门来，欣慰地笑了。儿子离开自己时，她其实是想吩咐一声这件事儿的。丈夫的辛苦，她最懂得。为了儿子能安稳地睡好午觉，这三年来丈夫没有在家吃过几顿午饭。因为开车时间不固定，儿子睡着了的时候，回家和出门都会弄出动静来，他怕惊醒儿子，所以就一直不回来吃午饭，她心疼但也没有什么好办法。今天儿子想吃的其实也是丈夫喜欢的，她就想让丈夫一块回来吃顿饭，看到儿子更加懂事了，心里高兴得不得了。

一家人坐在桌前，男人用手点着儿子："傻啊，站那日头地里晒成这样。"女人也心疼地说："就是就是啊，就不会找个阴凉地。"

大山不接话茬,沉默着。拿着的筷子,也不夹菜。紧紧地盯着父亲,过了半天,憋出来一句话,说道:"往后你必须天天回来吃饭。"

父亲看气氛有些压抑,就笑笑说:"你看这孩子,在哪吃不一样?"

"不一样! 就是不一样!"大山眼睛里蓄满了泪水,眼看就要流下来。他意识到后,快速地用手背擦一下,然后郑重其事地说,"不回来我天天中午去等你,天天去。"

夫妻二人交换了一下眼色的空儿,大全把猪头肉和鱼这两个菜全端在了父亲面前。

拐　杖

那一段时间,我苦恼极了。我新接手的初一(2)班里,有一个左腿残疾的女学生。由于是新生刚入校,很多学生都用新奇的眼光看着她,不时地喊喊喳喳一阵。我发现,她的头垂得更低了,一般不再拄着拐杖活动了。

我想,应该让她鼓起勇气面对生活,搞好学习。从此,谁再对她的残疾喊喊喳喳,我就用眼睛使劲地瞪。几天后总算好了,没有人再对她的残疾感到惊奇了。可是我发现,这个女学生的低沉情绪并没有改变,仍然郁郁寡欢。

这天下午的晚饭后,我把她约了出来,想和她谈一谈。她低眉敛眼地走在我的左边，拄的拐杖戳得地面发出"啪啪"的声音。过了一会儿，我指着近山的太阳对她说：

"你看，天边的彩霞多么美丽啊。"

她抬起头来，笑了笑，但笑得很苦涩："老师，您说吧。"

我就滔滔不绝地向她讲了一番勇敢地面对现实，好好生活，好好学习的道理。

她笑笑，到最后只说了一个字："嗯。"

我为自己做的学生工作得意了整整一个晚上。第二天一大早，我又拿着《钢铁是怎样炼成的》、《吴运铎的故事》、《张海迪的故事》来到自习课上，递给她："抽空看看这几本书，能受到鼓舞。"

她好像是非常不情愿地接过去，塞进了桌洞。

我发现她的眼里掠过一丝不易觉察的复杂的东西，好像是无奈、悲哀、痛楚……我的心不由地颤抖了，想，今后一定要好好照顾这个可怜的孩子。

从此，在课堂上，我总是多提问她，课堂巡视时总是先走到她的身边，伏下身去问问她还有什么问题；劳动课上，总是不安排她活儿，看到她迫切期待的眼神时，才偶尔让她干点最轻的；我还告诉她可以不去上早操、体育课和不参加一些大的体力劳动。

可是，我发现，她的学习成绩不断下降，眼里的幽怨越来越多，还经常向我射来冷冷的眼光，我不明白这究竟是怎么一回事儿。

过了一段时间，我问她："那几本书看完了吗？"

"没有。"她冷冰冰地说，一副爱理不理的样子。

不久，一些学生告诉我，那几本书早被她撕了，撕书的时候她满脸流泪，一副歇斯底里的样子。

"你得好好学习啊。"这天我又把她叫到办公室,做她的思想工作,但她一副无动于衷的样子。最后,我问她:"听说那几本书让你给撕了?"

　　她抬起头来,眼光直直地逼视着我:"是的。"

　　"能告诉我是为什么吗?"我尽量放平语调。

　　她昂了昂头,转过身,拄着拐杖,把地捣得"啪啪"地离去了,一边走一边扔下一句话:"我不愿看,我爱撕!"

　　我一下子惊呆了,这是怎么回事呢,难道是身体的残疾造成了心理的不平衡!

　　又一想,就气坏了,我这么关心你,你竟如此的不识好人心,爱咋着咋着吧。于是,我就不再对她特别关照了,像对待其他学生一样对她。过了一段时间后,我发现她与我的对立情绪好像轻了一些,学习成绩也有所上升。我的心里突然明白了点儿什么。

　　又一个大扫除的日子,我仍然像以前一样分工:"谁愿去抬水请举手?"

　　全班学生"刷"地一下把拳头全举了起来,她的手也像以前一样举得高高的。我点了8个学生去抬水,其中包括她。

　　那一瞬间,我看到她的眼睛里潮湿了,亮晶晶的,但神情非常振奋,这是入校以来的第一次。

　　教室里又响起了喊喳声,我的眼光又直视了过去,课堂马上静了下来。

　　劳动开始以后,还有一些学生对我投来不理解的目光,流露出老师真够残忍的神情。

　　我不理他们,只偷偷地注视着她。

　　她与另一个女学生组成了一副架儿,一只手抬着一桶水,另一只手拄着拐杖,"啪啪"的捣地声更大了。她的脸上汗水溇溇的,但是充满了开心的笑容。

大扫除结束后,她向我投来的眼光柔和极了。

从此以后,我像对其他学生一样,该表扬的时候表扬,该批评的时候批评,干重的体力活的时候,即使照顾她也绝对不让她看出来。她的学习成绩直线上升,与周围的同学相处得越来越融洽,对我的态度也彻底变好了。

至此,我苦恼了这么长时间的一个难题解决了。

毕业后,她给我来过几封信,充满深情地说:"老师,是您把我当成一个正常人对待,才使我真正变了。"

后来,她在一封信里感叹道:"社会上像老师这样的人太少了!"

从此以后,我再也没有接到过她的来信。

红唇印

窗外,毒辣辣的阳光晃得人眼睛发晕。知了的叫声此起彼伏,聒噪得很。空气热乎乎往人脸上贴。

周围的同学都在唰唰地写着,偶尔用放在桌面上的手绢擦一下不时冒出的汗水。

我也在认真地做着试卷上那一道接一道的题。期末考试了,表姐一直说我能考好。我感到不能让她失望。不过,真不好意思,我一直不是个好学生,每次考试在班里都是倒数第一名。平时老师都不管我,看我的眼光都是另一样的,时时透着轻视。我的作业交上去，老师从不批改，只是写一个"阅"字就退回来。同学们也都管我叫"老了儿"。我光想和他们干一仗，可又不敢，没有一个人站在我一边。为了能考出好成绩，我偷偷地抬起头，瞅了监考的老师一眼，见他仍像以前一样经常向我投来不信任的目光。不管他，我趁他不注意的时候，右手放下笔，拿到桌下，慢慢地卷起衬衫的左袖口，眼皮往下一抹眚，用眼睛的余光把小手臂扫视一下，然后再尽快地把袖子拉下来，若无其事地再拿起笔，皱着眉头思考一阵，往试卷上尽快写起来。

真是奇怪，自从表姐住到我们这个小区，知道我学习不好，主动给我补课以来，我感到自己确实聪明了一些。表姐大学毕业，在工厂里当工程师。听到父母为我的学习头痛，就经常主动来给我补课。我说："表姐，不中用的，我头脑太笨。"表姐笑着，轻轻地敲敲我的头皮："我知道，你行的。"我一点信心都没有，想应付了事。表姐看穿了我的心思，用光滑纤细、美丽无比的右手食指点着我的额头，平静地说："别耍滑头，你不比别人差，只要学，绝对能学好。"后来的事实证明了表姐的正确，我真的开了窍，感到书本上的东西好理解了，题目也容易做了。

不过，我在为自己高兴的同时，也发现了一个痛苦的事实，就是表姐在场，我做题就很容易，表姐不在场，很多题我就做不出来。

对此，表姐很生气。不过，我感到表姐生气的样子也很好看。她轻轻地点点我的前额，头向左边一转："你是个小男子汉啊，别太没出息！"

"我真的不知道这是怎么一回事儿，表姐。不过这次期末考试我非常想考好。"我很无奈，用拳头搔搔头。

表姐笑笑："你就当表姐在跟前。"

"可是你不在啊。"

表姐气恨恨地说:"有出息点!你能独立的,你能行。"

教室里的空气变得有些浑浊了,天好似也更热了。我擦擦脸上的汗水,观察了一下教室里的情况,还没有一个同学交卷。我暗暗有些高兴,这次的成绩肯定能上去了。我只有最后一道题还没做出来,估计不会有问题了。

监考的老师又一次向我投来锥子一样的目光,严厉得很,除了瞧不起外,好似有更多的不满意。

剩下的时间可能不多了,我有些着急。瞅着老师不往我这看的一刹那,我急忙放下钢笔,右手拿到桌子下边,把左袖子轻轻往上拉拉,低头看去。

不知不觉地,面前好似移来一个身影,我赶紧把袖口往下一拉,迅速抬起头来。

"好啊,我注意你很长时间了,学习不中用,作弊倒是很能!"监考老师冷冰冰地瞪着我。

一些同学向我投来轻蔑的眼光,发出嘻嘻的笑声。

我一阵慌乱,刷地站起来,右手护着左臂,大声说:"老师,我没作弊。"

老师的脸色变得更不好看了:"你还嘴硬,那你往胳膊上看什么?"

"我……我……就是没作弊!"

老师的愤怒转为了彻底的失望,声音变得低沉了:"你给我出去。"

"我不出去。我没作弊。我不出去。"我机械地说着。

同学们把目光都转向我们这边,考场的秩序有点乱起来。

我的自卑不知哪去了,理直气壮地盯着老师的眼睛,大声地再次声明："我没作弊！"

"怎么回事啊？"此时，教室里的情况已惊动了校长，校长进门后平静而威严地问道。

我气鼓鼓地说："我没作弊。"

校长平静地看着我："咱们出去说好吗？"

出了教室，校长问我："你说你没作弊，那怎么不让我们看看你的左臂呢？"

我无话可说："我……"

"不管什么情况，都请告诉我，我会替你保密的，行吗？"校长的眼里充满了慈爱。

我的眼泪哗地流下来，慢慢地卷起衬衫的左袖口。

那上面是表姐写的一句话："我相信，你一定能考好的。"后边写着表姐的名字，名字上有表姐的一个红红的唇印。

表姐当时和我说："看到它，你就当作表姐在跟前。不过，快出息啊，小男子汉。"

青苹果

暑假快过去了。每天早晨，我总爱到苹果园里散步。有时还伸手摘下一个青苹果，轻轻地咬一口，体会那酸涩中略带甜头儿的味道。这时，我就会回到高中最后一年的学习中去……

进入高三，我们班来了一位新老师给我们当班主任，叫焦国栋，他介绍自己说："我在大学里是被称为十才子的，是国之栋梁啊。只是由于无人识才,才被贬到这里教书。残酷的现实烧焦了的栋梁啊。"

我为他的幽默感发出了微笑,但也有同学私下里偷着乱撇嘴。

我知道,关于这一点他看得比我明白。但他不在乎,继续侃:"别的不敢说,咱们班我要叫你们至少考到大学里 40 人以上。至少要进北大清华 3 个以上。有的同学可能不信,咱走着瞧。不过,我可以告诉你们,这是我对你们进行了认真分析后得出的结论。"

我们学校是县重点,最好时一个班考上过 25 人。一个班才50 人,又加上我们班基础很一般,我们对他的就职演说并不怎么当真。

可是,我们不久就感到了他的与众不同的教学和管理方法。

两个男同学打架,他把两人叫到自己的屋里,很和气:"打架好啊,能显出男子汉的力量。不过,你们俩打架的缘由太臭。今天,女同学至少看到了你们的没风度。真到了考上大学,到了谈婚论嫁的年龄,女同学一个也看不上你们。"

他又指着自己的鼻子痛心地说:"我就是一个明显的例子。我追我的一个女同学,她至今还不答应我。就因为我给她留下过不大度的印象。教训惨痛啊。"

两个男同学回到班里,都笑眯眯的。我们以往看到的被老师叫去批一顿回来垂头丧气的模样一点也没有,他俩倒像受到了表扬似的,我们都感到意外。

有的同学问他俩到底怎么回事,他俩不说。

过了很久以后,终于传出了以上的版本,一些同学就说他没个老师的样子。看到他时不时地没正经,我竟偷偷地喜欢上了他。在课堂上不自觉地盯着他不转眼珠,他讲的是什么往往不往耳朵里进。我的学习成绩就往下掉。

期中考试成绩出来,我一下子到了 40 名以外,不敢跟家里说,但又时刻担心老师来家访,更怕被他批评。

担心了好几天,竟什么动静也没有。倒让我感到有点失落,同时也让我认为他也喜欢我。那天,我走在路上,迎面碰到他。他竟直着眼睛盯着我,直到被地上的石头绊了一下,才不自然地急急走过。那眼神,绝对是一种真情的流露。

我的心更加平静不下来,终于在作业本里夹上了一个意思暧昧的纸条:"老师,盼谈谈。"

作业发下来,里面他回了一张纸条:"下午 5 点,在办公室专等你。"

我的脸一下子变得火辣辣的,急忙向四下里偷看了一眼,没有人注意我,才又开始琢磨他的纸条。

下午,我心里就像揣了一只小兔子,一边走着,一边不时地向路两边看,并没有人注意我,倒是路边的女贞树叶在对我点头,好像祝福着什么,又像提醒着什么。

进门后,他从座位上站起来,指着另一把椅子:"高军同学,请坐。"同时感慨道,"你说说,这么漂亮的一个女孩,怎么叫这么一个名,土儿吧唧的。"

真是管得宽!我热着脸,低着头,心在狂跳。

"你不是说要谈谈吗,怎么不说话啊?"他亲切地看着我,关心地轻声问。

我心里想说话,可又不知道说什么好了。

"那我先说了。期中考试不理想,和你的实力不相符。你很明白,这是不正常的。怎么说呢? 我一直是把你列入考上北大和清华的那几个人的。只要安下心来，扎扎实实地学，保证没问题。不要有什么负担。一些想法先放放吧。"

我感到有些羞愧，他把我的心思看穿了。

"老师，我……"我抬起头，想说什么，还是说不出来。

他习惯地把长头发往后甩甩："我说过，我是被贬到这里来的。咱这个地方需要我，但盛不下我。我正准备考北大的研究生。你真考上北大的话，咱们就是同学了。我得让名字和实际相符，国栋嘛。你考不去的话，就很难见到老师我了。"

我的头脑开始清醒了起来。

他微微笑道："到那时，你恐怕出落得更漂亮了，说不上我会追求你的。"

我一下子愣住了，晕乎乎的。

我感到轻松一些了："老师，就这样吧。"

说完，就跑了出去。

从此，我安下心来了，学习成绩又直线上升。不过，我仍然常常偷看他，他也有时盯着我看。这时候，我就会攥紧拳头，暗下决心，一定学好。

高三毕业，我真的考到了北大。

我们班被一窝端，考上大学45人，大专5人，其中3人进北大，2人进清华，比他当时说的一点也不少。

一年过去了，焦国栋老师并没有考北大的研究生。今年他刚送走毕业班，成绩仍是全县第一。据说新学期学校还给他安排教毕业班。

听说还是经常讲他的怀才不遇，讲班上能考上多少大学生。

我又伸手摘下一个青苹果，我需要好好体味它的酸涩中略带甜头儿的滋味。

纠　正

　　街上的路灯渐渐亮了。周末的县城,人显得特别多。李广河已在县教育局门前徘徊半天了,就是没有勇气迈进这个大门。妻子在县晶体管厂工作,自己在偏僻的山区教书也已经20多年了,离家30多公里。前几年还没觉着什么,这两年孩子常年有病,妻子上班又紧张,他就有调回县城工作的愿望了。他找过多次政工科,光答应研究就是没结果。后来他找过局长,局长说县城中学都超编,目前没法解决。可是,还是经常有人调进县城中学,他感到很茫然。有人开导他,得找局长表示表示啊。他就真的买点东西去了局长家,人家不收,他只好灰溜溜地提回了家。

　　今天回来,他又不自觉地走到了教育局门前。

　　"来来来,咱做游戏。"一个胖乎乎的小男孩招呼着另一个瘦瘦的小男孩走了出来,都兴奋得很。

　　李广河认识那个小胖男孩,他是教育局长的孙子。找局长要求调动的时候,这个小孩经常在家。

　　瘦男孩问:"做什么游戏?"

　　"送礼吧。"胖男孩大咧咧地说着,在路边上拣了一个方便袋,找了一些小石头和落叶装了进去。

　　瘦男孩说:"我给你送吧。"

　　"好吧。"胖男孩就把方便袋递给了瘦男孩。

　　李广河感到很有趣,就站在一边看了起来。

瘦男孩提着方便袋走出去一段路,又转回来,大大方方地:"我给您送礼来了。"

"不对不对,"胖男孩不耐烦地摆了摆手,"我教你。"

瘦男孩把方便袋递了过去,胖男孩接过,走出一段路,再转了回来,悄悄地把方便袋放到瘦男孩脚边,作出一副畏畏缩缩的样子:"局长,您在家呐。"

瘦男孩说:"我在家。"

"局长,您抽烟。"胖男孩躬腰伸出手,满脸谄媚的样子。

"好吧。"瘦男孩有点受宠若惊的样子,一边说一边快速地伸手来接。

"啪"的一声,胖男孩把瘦男孩的手打开去,"不对!"

李广河无声地笑了,他想,这些小孩子真有意思。

瘦男孩感到委屈:"怎么不对啦?"

"应该这样——"胖男孩把方便袋又递给瘦男孩,"你送,我教你。"

当瘦男孩也满脸谄媚地递上烟时,胖男孩一副大人模样地向上翻了翻眼皮,爱理不理的:"我不抽烟。来啦?"

"嗯。"

"把东西提到门外去,不要这个样子嘛。"胖男孩昂着头乱摆手,"简直是乱弹琴!"

"我、我、我……"瘦男孩没话说了。

"你什么你!我下班了,有事明天到办公室去说。我累啦,就这样吧。"胖男孩摆摆手,闭上了眼睛。

"那好吧,我明天到办公室找你。"瘦男孩痛快地答应着。

胖男孩生气地说:"你真不中用!你照着我这样做,看我的。"

瘦男孩有点不太情愿，但看了看胖男孩，又不敢不做，只好学着胖男孩再做下去。

李广河饶有兴趣地看了起来，竟被吸引住了。

在胖男孩的一再纠正下，瘦男孩学得和胖男孩不相上下了，他也向上翻翻眼皮，爱理不理的："我不抽烟。"

胖男孩一脸笑容："哎呀局长，太好啦，抽烟有害健康，不抽烟好，不抽烟好。"

"你为什么来？"瘦男孩心里不高兴，竟很有那个样子。

"我有个事儿想来和领导汇报汇报。"胖男孩一脸媚态，脸上的表情学得惟妙惟肖。

"你呀，不要这个样子嘛，你把东西赶紧提到门外去。"瘦男孩胡乱摆摆手，一副很生气的样子说，"有事儿明天到办公室去说，在家里不办公。简直是乱弹琴！"

胖男孩还是一脸笑容："局长，太打搅您了，我要求的那个事儿，请您务必放在心上。"

瘦男孩又不会往下做了，急忙问道："我应该怎么说？"

"你就说，我知道了，回吧，以后研究研究再说吧。"胖男孩教道。

瘦男孩真的这么说了，胖男孩又接着说道："局长，尽管您不抽烟，但我这盒烟还是给您自己抽的。"话语中的"您"字语气加得很重很重，有一种暗示意味。

瘦男孩又不自觉地跳出了游戏："不抽烟嘛，你还给他抽，什么意思？"

"真笨，里面装着钱呢。"胖男孩笑他没见过世面。

瘦男孩沉思了一会儿："嗯，原来是这么回事儿啊。"

他们做完游戏，又跑着到别的地方玩去了。李广河却陷入了深思。

过了一会儿,他也转身离去了,步子迈得很大,很有劲。

两个月后,李广河调入了县一中。同事们都很羡慕他,有的问他有什么关系,有的问他有什么秘诀,他皆笑而不答。

低 头

"你这孩子怎么啦,抬起头来!"父亲脾气暴躁,动辄就起高腔。

小芹努力往上抬头,可脖子就是软软的,好像颈椎骨被抽掉了,最终脸面还是与地面平行着。她抬起右手,摸了摸后脖颈,骨节分明,骨头还在啊。父亲气哼哼地走了,小芹的眼睛里湿漉漉的,眼下黄白色的地面模糊起来。

最近一段时间,小芹只要见了人,头就会低下,怎么也抬不起来。眼看就要去上大学了,她自己也急得不得了。

通知来了不久,家中来了一大群人,在乡村干部的陪同下,呼啦啦涌进了小院,扛摄像机的就有3个人,有一个当官模样的人在众人的围拥下,伸出手来和小芹的父亲使劲握着,身子斜斜的,眼睛转到摄像机的方向,扛摄像机的人马上往前一步,三个黑洞洞的机器发出冷冷的亮光,冷得在一边的小芹突然打了一个寒战,哆嗦起来。当时一家人正在又喜又愁的,小芹考上了大学,可费用还没有筹措够数。突然来了这么多人,一家人不明白是怎么回事。一会儿那当官的松开手,后退了几步。身边人员拿出一个大红纸包,快速递到他的手中。他慢慢地看了一眼,把红包翻转过来,让带着黑色字迹的一面对着众人。摄像的三个人小跑着变换着方向,摆着姿势。那人两只手捏着红包的两边,走到小芹父亲面前,对着愣愣的小芹父亲,又开始说话了,大意是说孩子考上了大学值得祝贺,上级知道你们家庭困难,在开展的助学活动中把你们列入了,今天来看望一下,同时捎过来2000元钱,以后有什么困难,多反映,我们会尽量帮着解决的,然后举起红包对着众人转了一圈,才交到小芹父亲手里。

小芹的父亲愣愣的,说不出话来,机械地拿着红包:"这、这……"

有人小声过来教着:"还不赶快感谢领导!"

小芹父亲才反应过来的样子,脸憋得通红:"感谢领导。"

三个话筒同时伸了过来,他吓得猛一哆嗦,红包掉在了地上。很多人的脸上露出了强忍不住的笑意,话筒被失望地抽了回去。

地上的红包显得更加刺眼了,小芹的父亲佝偻着腰,低下身子去捡。人们漠然地站着,眼光里面充满了怜悯。小芹尽管离这些交织的目光较远,但她还是感到了冷飕飕的刀子一样切割着她的心脏。

"大学生在哪里?我们采访一下大学生吧?让她谈谈今后怎么学习、怎么报效祖国就行了!"一个记者想出了这么个办法,另外两人点头表示同意。

在他们急速地搜寻中,人们的眼光都转向小芹。小芹的脸腾地红了,身上出了一层汗。她猛然低下头去,快步向远处跑去,最后消失在了人们的视野里。

来人都有些失望,领导模样的人大度地摆摆手,人们安静下来,他向小芹父亲告别一声,人们就呼啦啦走出了大门。小芹父亲看到他们的十几辆大小不等的汽车一溜烟离去了,才长出了一口气。

小芹在远处目睹汽车离开,并看着村里的人围着父亲又说了半天话后陆陆续续散尽了,才悄悄地往家中走来。

路上偶尔碰到的人,都会看着她,眼光意味深长的。她感到那目光好像锋利的箭,直往她的脸上射来。她的头慢慢低下去,与站立的身体在胸前构成了九十度的一个角。她走过去,背后就会响起喊喊喳喳的议论声,就像前不久才收割的小麦的麦芒随即划痛了她的脊背。她保持着一个姿势快速往家中走去,对迎面来的人视而不见,不管不顾。

从这天后,只要在人前她就怎么也抬不起头来了。她很着急,总是使劲往上抬,可一点也不管用,脖子一动也不能动,再用力,先是胸膛挺了起来,接着腰直了起来,最后脚后跟也离开了地面,可是她的头还是没有抬起一点点来。

她的这个状况没敢和别人说,她想慢慢会好的,所以一有空闲就尽量去活动脖子,但是没有效果。后来父亲发现了,生气地让她抬起头来。几次后,父亲的暴躁脾气就爆发了,一见面就是这句话:"你这孩子怎么啦,抬起头来!"

后来,她就这个样子上了大学,仍然是见了人头就低下了,直到跟前没人了的时候才能抬起来。好在她学习很刻苦,成绩一直名列前茅,奖学金在全校是最高的,所以也就没有人对她的毛病指手画脚说三道四了。后来,老师、同学也就见怪不怪了。

在学习的空隙里,她尽量抽时间去做钟点工挣点钱;假期也不回家,或做家教,或当保姆,也曾到建筑工地上干体力活。

一年后的暑假,她回到了村里,拿出一沓钱,神情严肃地告诉父亲:"咱把那2000元还给人家去。"

父亲愣怔一会儿，点点头。父女俩找到村干部，最后找到乡里、县里，费了很多口舌，受了很多白眼，终于才把这件事办妥了。

往回走的路上，父亲发现走在自己前头的小芹的头抬起来了，他惊喜地看着女儿挺起来的后脖颈，眼睛有些潮湿。进村时，碰到了更多的人，他发现女儿身子也往上耸着，脖子挺得更直了。

其实父亲不知道，走在前面的小芹早已泪流满面了。

真爱不留缝隙

一参加完高考后，她就急火火地跑到了操场东边第二棵悬铃木跟前，在那齐眉高的地方，有一个不易为人觉察的很小的干枯树洞，她迫不及待地抠索着，但里面什么也没有。这是第五天啊，怎么会这样呢？她眼前一阵发黑，身体晃了几晃，慢慢站稳身子，又愣怔了半天，然后她蹲下来，在膝盖上铺开一张白纸，写了一会儿，小心地折叠好，小心翼翼地塞到树洞里，又捡起一块脱落在地的薄薄的悬铃木树皮，把树洞塞好，闷闷不乐地回家了。

她是去年的应届毕业生，参加高考却落榜了。本来在班里也是前几名的，可就是没考上，于是她和一些同学走进了高考补习班。由于总是走不出那落榜的阴影，她情绪一直很低沉，学习也进入不了状态。

"傻丫头，进入冲刺状态，努力一番，没有考不好那一说。我会经常和你交流的，纸条放在操场东边第二棵悬铃木一人高处的树洞里。咱们共同努力吧。一个喜欢你的人。"早晨刚坐到课桌前,在英语课本里就看到了这张纸条。过去的三年里,她也收到过一些对自己表达爱慕的纸条,她对谁也不回复,都是微微一笑,悄悄地撕碎。这次看到这张没署名的纸条,她却起了好奇心,小心地折叠起来,藏了起来。

第二天课外活动时间,她独自一人悄悄来到操场东边,果真在那里找到了树洞,树洞里有一个折叠成一分硬币大小的纸片,打开后上面写的是:"傻丫头,看到你振作起来了,很高兴。咱们共同努力,创造辉煌吧。为了不影响学习,咱们以后五天联系一次吧。"落款仍然是"一个喜欢你的人"。

这个人会是谁呢? 一年的时间里,她偷偷地把整个补习班里每个人的笔迹都观察遍了,好似没有一个能对上号的,难道是故意改变了笔迹? 弄不清楚究竟是谁,后来她也就死了心了。

有时候,她也会在纸条上问他是谁。他回话说:"不要管我是谁,能交流,有益于学习就行了,这个问题以后再说吧。"

她想想也对,现在的关键是认真复习,全力以赴准备下一次的高考,管他是谁呢,互相交流学习,互相鼓励进步就行了。

振作起来后,自己怎么还会突然来一阵莫名的忧伤? 这个时候干什么也没有劲,学习很没有意思,活得很无聊。她也不明白,难道与自己是个女孩子有关?

每当这个时候,她就会提起笔来,迅疾地写出自己的苦恼,有时还用力地使劲按钢笔,纸上多处都被划破,写完后就感到轻松了很多,然后送到树洞里,就能轻松起来。

每过五天,树洞里会有一张准时放在那里的回复纸条。纸条上会告诉她,不光她会这样,其他女孩子也会这样,并且男孩也是如此,这是一种正常的生理和心理反应,这种情绪用笔写出来就释放了。

她多次偷偷观察，总想弄清楚写纸条的人是谁，躲在墙角后面，蹲在墙旮旯里，站在窗子后面，她就是没有找到答案来。

　　一年中，纸条往来不断，她感到越来越离不开这个树洞了，由于多次探寻没有结果，所以就越来越大胆了，后来连一些女孩子的隐私她也能在纸条上与对方探讨。有一次她对女人每月的几天苦恼有些烦，在纸条上写道："我又来倒霉事儿了，肚子也有些疼，要是有什么办法根除了多好，男人多省事啊。"她看到回复的纸条上写着："若真不来了，你肯定又愁坏了。因为正常的人都应该这样的，不来的话，肯定是出毛病了。来不是倒霉事儿，是好事啊。"从此开始，在班里她第一个管这事就叫来好事儿了，后来班里的女孩子都叫这事儿来好事儿了。至今想起来，她忍不住小声笑起来，嘴一张一合的，半天才平静下来。

　　在家里心神不定地过了一天，她又返回了校园，其他年级的学生还没有回来上课，整个学校里显得比平时安静了许多，她一进学校大门，就加快了步伐，看到操场后，她几乎是跑着过去的，拿出树洞里的纸条打开一看，上面写着："你干什么去了？怎么不见了啊？我这次考得很好，你放心吧。看到后赶快回信啊。"这、这还是自己昨天写的啊。她失望地又重新折叠起来，再次放进了树洞。树叶唰唰作响，透过枝丫间的阳光有些刺眼。她慢慢转身离开了，走几步回一次头，走几步回一次头。

　　每天她都会回来一次，直奔这棵悬铃木树下。在第四天，她终于看到了回复的纸条："高考已经结束，你考得不错，我就放心了。咱们这一段纸上的交流，也就宣告结束了。今后，你还要走好每一步。我想我们应该告别这个树洞了。我不想让你知道我是谁，其实你也没必要知道啊。你可以猜我是男同学，也可以猜我是女同学，也可猜我是男老师，也可想象我是女老师……一个喜欢你的人。"

纸条上满打满算就这么些字,可她站在树下一遍一遍地看,看过多遍后,她浑身突然轻松起来,她小声嘟哝道:"是的,是要告别了。"

她看到,眼前的悬铃木树干上还有极少的几块干枯的即将脱落的褐色树皮,其他大多地方都褪去了老皮,树干白中透青,显得非常干净光滑。

她脚步轻松地向学校外走去……

我小时候也叫山子

书店里显得很安静,顾客稀稀拉拉的,有的站着静静地看书,有的在转悠着、浏览着,几个店员凑在一起叽叽喳喳地小声说笑着,声音显得分外刺耳。

突然,门口传来"吱吱"的警报声,最先反应过来的是那几个售货员,他们同时抬起了头,有一个男的快速地冲到门外:"回来,回来!"接着拉着一个十三四岁的小男孩回到了店里。两三个女店员迅速围了上去:"拿出来,拿出来!""书呢,拿出来。""这么小就学着偷东西了?"

很多人都扭头看了一下,又低下了头,只有很少几个人在关注事态的发展。

被抓回来的男孩,脸窘得通红,小声地嗫嚅着,头向下勾得像一个下垂的葫芦,脖子软得好似颈椎骨已经不存在了,在嘈杂的斥责声里，慢慢地从裤腰里掏出一本薄薄的小书来。

售货员更是得理不饶人了："这么小就偷东西，长大了不坐牢才怪。""交钱，交钱。""叫什么名？在哪上学？""告诉他老师。""叫家长来！"

周围的空气好似凝固住了，除了几个售货员的大声指责外，没有一点别的动静。男孩的头下垂得更低了，一滴滴晶亮的泪珠"啪啪"地落到地上。

"怎么回事儿？"楼梯上走下一个四十多岁的男子，快步来到了面前。

售货员们的脸上迅速堆起了笑容，争相向前表功："经理，我们抓住了一个小偷。""一发现，在门口就被叫回来了。""得使劲治治他，要是都来偷那还了得！"

男孩抬了一下头，眼睛里仍然泪汪汪的。经理看到，那男孩的目光躲躲闪闪的，就像一只被吓呆了的小兔子似的，浑身哆嗦着，尽管不明显，但仔细看就能看出来。经理心里突然一动，皱着的眉头慢慢舒展开来了。

"好好。"经理摆摆手，笑笑。

男孩这时明显地哆嗦起来，浑身抖动着，鼻子一抽一抽的，眼泪还是吧嗒吧嗒地往下落着。

经理慢慢走近男孩，轻轻地拉起他的手，另一只手摸了摸他的头，笑了笑，轻声说道："山子，好了，没事了。"

售货员们一个个都愣住了，疑惑不解。

很多顾客把目光转了过来，显得一片茫然。

窗外的阳光透过玻璃射进来，在地面上铺出一片片金黄色的方块。空中的光柱中，有些许细微的漂浮物在浮浮沉沉地飞舞着，不仔细看根本看不出来。

小男孩慢慢地抬起头来，眼光转向经理，愣愣的。

经理继续轻声地说道："山子，不用害怕了。听我的，我是经理，真的没事儿了。"他接着抬头扫视了一圈，转向人们说道，"这山子是我乡下表妹家的孩子，今天和我表妹来我家做客。这个事儿是和我打赌来着。孩子嘛，好奇心强，问我有人偷书怎么办，我说有摄像头，还有磁感应报警器。结果他还是不明白，也怨我多嘴，说不信你就去试试，他还真来试了。"

人们松了一口气，又都看书了，只是个别人小声嘟哝道："怎能开这样的玩笑，这孩子也是的，试这个干什么？吓人一大跳！"

几个售货员也由洋洋得意变得尴尬起来："经理，这、这……"

经理大度地摆摆手："没什么没什么，你们做得对呀，就这样吧，都忙去吧。"

孩子眼光直直的，看着经理："我、我……"

"傻孩子，这回相信了吧，咱们打的这个赌我赢了哦。"经理赶紧说道。

经理走到收银台前，把售货员从男孩身上截获的那本书拿起来翻了翻，然后从兜里掏出钱来，买了下来。

他又回到男孩的身边，把书递到男孩的手里："这本书送给你了。"

男孩惊恐地向后退缩着，趔趔趄趄的，没有接。经理迅速拉起他的手，向门外走着："傻孩子，拿着！我已经交钱买下来了，没事了。晌午了，回家吧。"

男孩被动地被经理领着，慢慢走过安装了磁感应报警器的门口，迈出这个门槛的时候，男孩子迟疑了一下，身体猛然一阵哆嗦。经理使劲握了握他稚嫩的手。

门外，太阳挂在天上，阳光暖洋洋地洒落在地上。偶尔一阵风儿轻轻地吹到脸上，好似一只大手轻抚着似的。男孩瞪着迷茫的大眼睛，不知所措地看着经理。经理笑了笑，拍了拍他的肩头："快成大人了，你看都要赶上我高了。拿着，做个纪念吧。"然后又笑道，"回家吃饭吧，家里等你了啊。"在男孩迟疑地接过书去以后，经理又补充道，"我小时候也叫山子。"

男孩眼里又涌出了泪水，用手背使劲擦了一把，用力地看了他一眼，然后慢慢向前走去……

第二天，一个女的突然说道："碰到经理夫人了，她说她家昨天没来过乡下表妹啊。"

几个售货员都怔住了，叽叽喳喳声停了下来。

第三天，经理上班时，在办公室门口看到用一块小石头压着一沓钱，恰与那天他交钱的数目相同，拿起来时还有手温似的，热乎乎的。

掌　声

在教室门外，我听到，像往日一样，上课铃一响，教室里一下子静了下来。

走进教室，就感到安静里好像潜伏着一种与平日不同的气氛。但我还是平静地走上讲台，师生相互问好，我还没开口讲课，就发现全班50多个学生都直勾勾地盯着我身后的黑板。为了把学生的注意力吸引到我的讲课中，我立即以平静的语调讲起新课:"同学们,今天,我们上——"

我一边说一边转身准备往黑板上板书。

班上的女学生王娜娜喊道:"报告老师,你看黑板上——"

我一下子惊呆了,原来黑板上有一行清晰的粉笔字:"高老师是个——"后边还有一个不太清晰的"坏"字。

这是我教学近十年来从未出现过的情况,过去我每次上语文课时,黑板总是擦得干干净净的。

这几个字,显然是我有什么得罪学生的地方,他们在公开向我挑战。

我仔细一看,这字体像是我昨天刚批评过的李晓写的。

我心里的火一下子蹿起老高,感到头皮都啪啪炸响。但是瞬间我就控制住了自己,并决定改变教学内容。

我面带微笑地说道:"同学们,今天,我们上说话课,题目有些同学已经知道,并替我写在了黑板上,谢谢这位同学。"

尽管我的话语里透着真诚,很多同学还是一脸不安的神色。

我用粉笔把不太清晰的"坏"字重描了一下,并添上了"老师吗?"

许多学生这才发出了善意的笑声,课堂气氛已转入正常。

我立即一口气说了下去:"我就是你们的高老师,是个坏老师吗? 今天,我愿意把一个真实的我向同学们介绍一下。"

接着,我详细地介绍了我的生活和工作情况,也坦诚地承认了一些弱点和缺点。

由于是说自己,我说得非常流畅,一句多余的话也没有,口才比平时更好了。

我说完了,教室里一片沉静。我感到,同学们都被我的真诚感动了。果然,一阵热烈的掌声响了起来,全班同学都在热烈地鼓掌。连李晓也眼中有点晶莹,他的手也拍得非常起劲。

——上课是从来不兴鼓掌的,这在我的教学生涯中是第一次。

我心中为自己即兴设计的课陶醉了。

我潇洒地在"高老师"和"坏老师"几个字底下画上了一道横线,擦掉了"高老师"和"坏老师"这几个字,将题目改成"____是个____吗?"要求道:"请各位同学考虑一下,完善题目,并以这个题目说一段话。"

李晓第一个举起了手,我让他站了起来。

他说:我的题目是"李晓是写'高老师是个坏'这几个字的学生吗?"

我心中一惊,学生的眼光是多么犀利啊!尽管我自认为表现得很潇洒,但还是被学生一眼看穿了。

李晓讲得也非常流畅,否定了黑板上的字是他写的。尽管我心中不相信他的话,但对他的说话艺术还是赞许的。学生们又鼓起掌来,这掌声似乎比给我的更热烈。

掌声一落,女学生王娜娜举起了手,她说:"我说话的题目是'王娜娜是个坏学生吗?'"

王娜娜承认,那行字是她写的,主要是想看一下老师是否有肚量,到底有多大的肚量。她说她不是个坏学生,高老师也不是一个坏老师。今天,她感到老师的形象更加高大了。

我非常惊奇。但还是为她的大胆活泼而高兴,更为她的说话水平而高兴。全班学生的掌声又一次热烈地响起来。

此事过去已快十年了。如今,李晓已成为一个著名作家。王娜娜在法国留学,已获得博士学位,正在攻读博士后。这个班的学生见到我或者来信时,说最佩服的是我处理这节课的方式,这节课是他们印象中最深刻的一节语文课。

其实，近十年来，这三次掌声也仍时时回响在我的耳边。

刻　瓷

何斌走进来的时候是下午课外活动时间，西斜的太阳把光线柔柔地投射进来，他恰恰站在这抹光线里，青春的脸色好似透亮一样，有一种瓷器的细腻感。

张老师停下叮叮当当的刻瓷工作，抬起头来。何斌的眼睛里有一股亮亮的光，挑战似的望着张老师。张老师没有与他对接目光，低下头，拿起工具又敲凿起来，叮叮当当的，富有韵律感。何斌的眼睛里出现了一丝黯然，直直的脖子软了，慢慢走上前来，看到老师在一个磁盘上凿刻出了一幅图画，虽是雏形，但成形的部分中的小鸟栩栩如生，花枝葳蕤纷披，何斌的眼光又变得亮亮的了。

张老师发现了他的变化，在心里微微一笑，就继续严肃认真地雕刻着，他感到了何斌热热的眼光在他的手和盘子之间来回睽视，还不时地盯着他的脸看一会儿。

何斌是班里的一个大男孩，身体发育得早，身高马大的，有时好欺负其他同学。很多老师头疼，越管他他就越逆反，越是与你挑战。何老师刚刚接手这个班，就有一个叫王刚的同学找他反映，何斌抓着他要把他的脸按到马桶里去，有几次差一点就把他按进去了，还一边按着一边说："你看多干净，按上也没有什么问题。"把王刚吓得嗷嗷叫，他就获得一种满足感。

张老师了解了一下，何斌并没有真把王刚按进马桶过，但最近几天只要在厕所碰到一起，他总是去抓王刚的后衣领，王刚说要报告老师，他就哈哈大笑，"爱报告去就报告去。"张老师知道，何斌就是想引起别人的注意，你不理他，他失去兴趣也就没事了。但是，王刚会常常产生不安全感，所以张老师就想把这个问题早解决掉。

这次并不是张老师把何斌叫来办公室的，而是何斌感到自己的所作所为老师没管，他很失落，就主动晃荡进了张老师的办公室，用挑战的眼神想引来老师的过问、批评，然后得到一种满足感。哪里想到，自己都主动走进来了，老师也没有理他，他的斗志慢慢消失了，兴趣反而被何老师的刻瓷技艺深深吸引了。

何斌不自觉地把手伸进了自己的裤兜，犹豫了一下，慢慢掏出了一块瓷片，认真看了起来，那是一块二十世纪五十年代景德镇产的手工绘制的瓷碗的碎片，并不是什么高档瓷器，他从一些地方看到，收集瓷片也是可以的，就到处里找寻，竟也让他找到了一些，在班里他自己就感到比别人不一样。

他犹豫了半天，开口道："张老师，你刻得这么好呀。"

"是吗?"张老师顺嘴说道，"业余爱好而已，你看着好?"

何斌鸡啄米一样地点头，但神色中不恭的成分还是有的："是的，是的。"

张老师这时才突然发现似的指着他手中的瓷器残片说："你也喜欢瓷器? 哦，还有些年头了，快六十年的东西了，尽管不是高档瓷器碎片，现在也难以找到了，说明你下了一番功夫哦。喜欢，并不是非得特别珍贵，那样的话就成为物的奴隶了。特别是在经济不太宽裕的情况下，更没有必要。人，永远应该是物的主人而绝对不能是物的奴隶。"

看到老师严肃庄重的神色,何斌这时对张老师更加刮目相看了,脸上那种不恭神情已经荡然无存了。

张老师又低下头去敲击小錾子了。

何斌一直看着张老师,见张老师又不理他了,心里更加失落起来,他在一边磨蹭了半天,又往前凑了一步,恭敬地说道:"老师……"

张老师这次迅速抬起头来,看着他。何斌感到老师的眼睛里满是鼓励的样子,眼光好似有了暖暖的温度一样,就终于鼓起勇气,指指桌子上那盘子和老师手中的凿刻工具,"我想跟老师学这个……"

"好啊,"张老师这时热情起来了,"不过……怎么说呢,刻瓷是一门艺术,古人有'功夫在诗外'的说法,真要学,需要下一番功夫,里面包含着刻瓷者的学识、修养等,你能做到吗?"

"学识、修养?"何斌小声地重复着,头低了下去。

张老师看到差不多了,脸上露出欣慰的笑容,站起来轻轻拍拍他的肩头,何斌的头慢慢抬起来,看着张老师的脸色。张老师说:"先学着,有这种意识,慢慢就会好的。来,你过来试试。"

何斌满是高兴,满眼感激,细腻的脸上具有瓷器一般的光滑感,老师把他拉到桌前,让他坐下,手把手地教起来。

此后,何斌就像变了一个人一样,上课认真听讲,作业认真完成,课外活动就在一只盘子前敲凿,有时去找张老师请教一下。

一天,张老师正在办公室里端详自己刻好的盘子,王刚来向张老师汇报,何斌再也没有要往马桶里按过他,并且神秘而又兴奋地说:"他现在每天在厕所里刷两次马桶,清晨一次,晚上睡觉前一次……"

张老师抬头狠狠地瞪了他一眼,看王刚的兴奋畅快神情慢慢消失了,才说:"回去好好学习!"就又低眉去看自己的刻盘了。

纸飞机

盯着舞台上正在跳舞的演员,小雪的两手在座位的扶手上快速地折叠着一张洁白的 A4 纸,纤细透明的手指上下翻飞着,五彩灯光随时会扫过来,在她明亮的眼珠上如匆匆过客一般地滑过。

舞台上正在跳的独舞叫《我爱你》,跳舞的男演员叫豆豆。小雪发现,他跳得比以前更加娴熟了,用舞蹈动作尽情地演绎着炽热缠绵的爱情。光临这家演艺吧的所有观众,都沉醉在了他的舞蹈营造的爱情氛围中。

小雪感到,豆豆的肢体语言还是那么生动形象。她奇怪,自己怎么就没有了过去观看这个节目时的那种激动心情。

高三快要毕业了,学习非常紧张,只有周六的下午和晚上可以离校回家。她想放松一下自己,所以就来到了离家两条街远的这家娱乐场所。在很多粗糙节目衬托下,豆豆的舞蹈《我爱你》让小雪眼睛一亮。包括一些听到这个名字吹口哨的男孩也安静了下来,渐渐地被这个舞蹈陶醉了。事实证明,这个舞蹈成了这里最受欢迎的一个高雅节目。散场后,小雪的眼前还时常浮现着豆豆的身影。那纯净的面容,健康的肌肉,匀称的体形,在小雪心中好像是刀子刻上去的似的,总也不消失。

小雪不知道豆豆在这家演艺吧是否还表演别的节目,但此后的每个周六她来放松时,看到他表演的都是这个舞蹈。

记不清是哪一天晚上,小雪竟然带了一张洁白的 A4 纸来,在观看节目的间隙里,不自觉地就折叠出了一只纸飞机来。她捏着飞机那条笔直的脊背,在自己的身前一次次向左侧比划着,好似随时都要把它放飞出去。但多次比划后,又轻轻放在了自己的腿上。皱着眉头想了想,然后拿出自己心爱的那支钢笔,在闪烁的灯光中,开始在飞机的双翼下写起字来。写完后她自己都吓了一大跳,两边的字是相同的,都是工整的"我爱你中学生小雪"这几个字。她的脸腾地一下往外冒起火来,脖子赶紧一弯,低下头去。掌声、叫好声、悠长的口哨声交织在一起响起来,小雪随着人们站起来,看着豆豆在接受鲜花并一次次鞠躬谢幕。她突然扬起手来,使劲往前一掷,这只纸折的飞机平稳地滑翔着飞向舞台,准确地落在了豆豆的脚下。小雪感到身体一阵轻松,但心却腾腾地跳起来。她眼睛直直地看着站在舞台上的豆豆。直到豆豆弯下腰去,捡拾起来,她才长长出了一口气。豆豆看了看后,举着这只纸飞机向台下挥了挥手。小雪感到豆豆已经看到了自己,就轻松地转身向场外走去。

小雪很快就折叠好了今天晚上的纸飞机,拿着它又在胸前一下下比划起来……

小雪在模拟高考中考了全班第一名,那个周末看完了演艺吧节目后,不自觉地来到了后台的演员休息室,大方地主动向豆豆伸出了自己的右手:"你好,祝贺你的精彩演出。"

"谢谢,"豆豆热情地和她握了一下手,"请多指点啊。"小雪没接他这表示客气的话茬,直视着他:"知道我是谁吗?"豆豆一怔,立即明白了:"哦,小雪啊。"

　　他打开一个抽屉,拿出了小雪刚刚投掷到舞台上来的纸飞机,反过来看着小雪写在上面的字,沉默着,半天才问道:"快考大学了吧?"

　　"是的,快了。"她低眉小声答道。

　　"出去走走好吗?"豆豆轻声问道。

　　看到豆豆手中的纸飞机,小雪随他走出去,两人轻松地谈高考,谈舞蹈。临分别时,豆豆又把眼光转向自己手中的飞机上,幽幽地说了一句:"安心复习哦,不然的话以后很多东西都无从谈起啊。"

　　小雪一惊,脚步顿了一下,眼光慢慢暗淡下来。她转身向家中走去的时候,感到他的目光一直跟着她,但她没有再回头。

　　看着自己手中还在比划着的飞机,小雪无声地笑了一下。那次两人交谈以后,小雪就没有再踏进这家演艺吧。离高考越来越近是一个原因,但豆豆的谈话是另一个原因。自己上大学半年后的假期里,她选了这个周末又来到了这里。

　　在豆豆演出结束的热烈氛围中,她一次次比划着自己手中的纸飞机,但最终并没有让它飞向舞台。她迈着轻松的步子,又走到了演员休息室。豆豆看到她后,立即从座位上站起身来。小雪把手中的纸飞机递给他:"祝贺演出成功。"

　　豆豆接过去,看到这次的纸飞机仍然是用 A4 纸折叠的,通体一片洁白,飞机翅膀下边也不再有一个字,他抬起头来,看着小雪欣慰地笑了。

　　"谢谢,我会好好保存的。"豆豆又打开抽屉,小心地把这只纸飞机放进去,接着拿出一串用一根线串起的同样的纸飞机来,笑着递给她,"我想,这些也应该还给你了。"

　　小雪接过这些自己以前放飞到舞台上的纸飞机,看着上面自己写的那些稚拙的字迹，头深深地低下去："谢谢你。"

她提着这串纸飞机转身离开的时候，泪水抑制不住地流了下来。

红围巾

西北风尖厉地呼啸着，时高时低地发出"悠儿悠儿"的吓人声。门和窗户都关着，但透风撒气的，教室里一点暖气也没有。天！你为什么和我们作对？

我搐搐鼻子，凉气钻进来，从鼻梁到脑仁一阵发麻，眼泪立即湿透了眼珠子。天冷得根本让人坐不住。我的手和其他同学一样，都左右交叉着通在袄袖子里。双脚冻得已经没有一点感觉，木木的。老师究竟在讲什么，我一点也没听进去。

其实，张老师讲的语文课总是声情并茂的，我们一直很爱听。但今天天气太冷了，我们想认真也认真不起来了。

二十多年前，在我上学的乡下中学里，就是这样简陋。我们并没有谁感到条件差，从而产生抱怨心理。只是寒冷给我们留下了刻骨铭心的记忆。

不过，这天，我的大脑里突然一片空白，在一阵迷迷糊糊中，两脚不自觉地在教室里的黄土地面上跺了起来。随着嘭嘭嘭的响声，我的座位下升腾起一股黄色的尘土，我的双脚逐渐有了一丝暖意。

可是，同学们的眼睛全转到了我的身上。

我突然意识到了自己的失态，脸上有了一种火辣辣的感觉，快速抬眼向讲台上望去。

张老师已停止了讲课，好看的大眼睛正看着我。一瞬间，我看到她的眼里好像流露出一丝不满和失望。不自觉地，我乖乖地站了起来。

她并没有出声批评我。我知道，她一直对我寄予厚望，盼望我能考出去。我这样做，她肯定不高兴了。

我再偷偷看她一眼。她的两条粗黑的大辫子依旧搭在肩后，瓜子型的脸仍像平常一样好看。年轻的她，穿的也不是太厚，只是脖子里围了一条红艳艳的围巾。在我的心目中，她是世界上最漂亮的人了。同时，也是我遇到的最好的老师了。我想，这次她肯定要使劲批评我一顿了。我把整个课堂给搅了，我心里后悔得要命。

站了半天，时间过得太慢了——没动静，我又偷偷地看她一眼，感到她的表情似乎有了一些变化，不满好像已经退去，白中透红的脸上好似有了一丝浅浅的笑意。

我悬到嗓子眼儿的那颗心慢慢放下了，又在胸腔里正常跳动了。

这时，张老师笑了笑，双手在下颏前搓了搓，哈了一口气。一双双紧张地瞅着她的眼睛顿时也都生动起来，教室里掠过一阵细微的波动，寒冷而紧张的空气松动了一些。

接着，我们惊奇地看到，她又对着双手哈了哈气，两脚在讲台上轻轻地跺了起来，她的脚下也腾起一股黄尘。这时，她停下来，笑着对我说："你？"

"我？"我也小心翼翼地笑了一下。

"坐下吧。"她轻声地说，还对我点了点头。

她又把眼光转向其他同学："天太冷了,我也冻坏了,让我们跺跺脚来取暖吧。"说着,她带头在讲台上跺起脚来。

我们所有的同学都发出了会心的微笑,随即嘭嘭嘭地跟着跺起来,心里有一种叫感动的东西在流动。

教室里一下子变得尘土飞扬了,我们谁也没有感到不卫生什么的,倒是觉得全身暖融融的了。

过了两三分钟,张老师说道："停——"

我们步调一致地快速停下来。

张老师说："咱们继续上课。"

我们的身上都落上了一层尘土,但谁也没注意。

我发现,张老师那漂亮的红围巾上也布满了黄尘,平时那么爱干净的她,根本就没注意,竟把要讲的知识讲得更加生动而有趣。

外面,风还在"悠儿悠儿"地尖叫着,门窗照样透风撒气的。

我感到,不是跺脚使我们变暖和了,而是张老师那火红的围巾像燃烧的火炬一样烤照着,使教室里充满了温暖。

后来,很多同学都说,这堂课听得最认真,多年以后都没忘了张老师所讲的内容。

不久,她就被调到另一个低年级班里上课了。据说张老师和我们跺脚的事被校长知道了。校长感到,课堂纪律如此,作为毕业班升学率是难保证的。

我们到她的宿舍去看她,她一再嘱咐,让我们好好学习,一定要有出息。

不知为什么,我总感到,她的眼光在我的脸上停留的时间最多,我竟不自觉地脱口而出："老师,您围着红围巾很漂亮。"

"谢谢。"她努力保持自然,但脸还是红了。

一直到现在,张老师那火红的围巾还经常在我的脑海里闪着、闪着……

白杨树

"看啊,王麻子这里又点上啦!""南薛庄的好货在这里啊,来买哟!"……和沙哑的吆喝声交织在一起的,是爆竹在爆炸,烟花正喷放。

河滩里正在逢年集,好不热闹。

我急急地往前闯着。"嘭"的一声,额头被撞得火辣辣地疼。抬头一看,是一棵白杨树,树上的节疤像一只只眼睛,正瞅着我。我无奈地看它一眼,继续向前走。

哦,教语文的朱老师曾给我们讲如何观察事物,举的例子就是白杨树。她说,砍掉白杨树侧枝,是为了让它更好地长成材。没想到一个个节疤,都长得像人的眼睛。她这样讲的时候,有些同学就小声议论:"刚挨完批斗又来劲了。"不过,就是从那开始,我注意观察事物了。

今天早上,爹递给我两毛钱,笑呵呵地说:"山子,逢年集了,想买点什么就去买点什么吧。"

我高兴地接过来,这够我半年书费的巨款令我欣喜若狂。我知道,这是爹对我学习成绩的奖赏。到处都不重视读书,可是爹盯着我的学习不放。朱老师也经常告诉我,好好读书,到时候就有用。

我想，我要用这两毛钱去买连环画。

我在鞭炮烟花市上走着看着。一挂爆竹正燃放着，有些断了芯子的刚落到地上，就被我和一些同样大的小孩抢到手里。惹得燃放的人大声呵斥："炸着了怎么办！"我们谁都当耳旁风，照抢不误。

过了半天，才抢到两个断芯的爆竹。我感到这样下去，不会有大的收获，就又往前走去。前边一个货摊上，人很多，也很拥挤。我急急地凑上去，原来这里又卖爆竹，又卖烟花，货很齐全。更好的是有一窝猴，点燃后，先出烟花，然后有四个小爆竹接着先后炸响，一毛五分钱能买俩。还有一种摔鞭，没有芯子，照着地上一摔，啪地就炸响了，一毛钱能买十个。我心里直打鼓，光想用那两毛钱买上这两样东西。一转念，觉得还是应该留着买连环画。仔细一观察，摊子上人多，显得很乱，有的人正偷偷地往衣兜里装呢。小偷！我一看，又觉得不像，都是拿一两个就走了。

犹豫了半天，我凑上前去，心在扑腾扑腾地跳，整个身子都乱哆嗦，脸上也呼呼地往外冒火。不行，我不能做。退出来，又在一边看。人家都不会被发现，怎么会正巧我被抓住！我又挤上去，磨蹭了半天，终于伸手拿到一个一窝猴。我四下里一睃，谁都没注意，就慢腾腾地装进了衣兜。再看看周围，没什么事，提到喉咙眼的心慢慢放下了。刚转身想离开，有人又摔响了摔鞭。那潇洒的动作和响亮的爆响声又吸引住了我的脚步，心脏又剧烈跳动起来。

我再次伸出手慌张地抓起一把摔鞭，还没有缩回，摊主就指着我大声喝问道："你这小孩，要干什么，放下！"

我眼前一片漆黑，瞬间连感觉都没有了，心脏好像一下子停止了跳动。

"放下!"声音更严厉了。

在人们的集中盯视下,我还是没有按照摊主的要求撒手。

"孩子,咱就要这些吗?"茫茫之中,我好像听到一个熟悉的声音浮出来,就迟疑地转过头来。

是教我们语文的朱老师!我羞愧得什么也说不出来,眼泪都要淌出来。

"孩子,你手里一共几个?"朱老师一边问,一边自答,"哦,八个。"她又转过头,面对着摊主,"请问,需要多少钱?"

朱老师快速地递过钱去,付清后,拉起我的手:"孩子,走,咱们还得买别的东西去。"

我在朱老师的牵拉下,身不由己地走出去一大段地方。这时,人变得少了,她才松开我的手,艰难地笑笑:"你学习很好,这是我给你发的奖品。"

我羞得无地自容,嗫嚅着:"朱老师,我……"

她笑得更亲切了。我发现尽管她接近四十岁了,但显得很好看,特别是那双大眼睛,忽闪忽闪的,好像能把人看得暖乎乎的。她说:"没别的事就回家吧,别忘了多做点作业,开学后我给你批改。"

"老师,我……"我慢慢地从兜里掏出那个一窝猴。

朱老师的脸一下子变黑了:"你!"

我说不出话来,头低下去得更多了。

过了半天,朱老师幽幽地说:"你看这河滩上多少白杨树啊,一棵棵都长着眼睛。我们看它们,它们也看我们。那是它们成长过程中留下的痛苦的疤痕啊。有疤痕没什么,你看它们长得多笔直啊。"

"老师,我去。"我抿抿嘴唇,坚定地说。

朱老师笑了。

我转身往那个摊子跑去,白杨树一棵棵从我身边闪过,它的眼睛正看着我呢……

蚂蚁,蚂蚁

接手新班级上第一节课,高老师就发现一个空位子,他心里动了一下,但没流露什么。等课堂巡视辅导的时候,他好似无意地走过去,桌上课本有些乱,桌面上压着一张纸条:"汪兵座位,若有人动,定然挨揍!"他一惊,接着又若无其事地继续巡视着、辅导着。

高老师下课后一了解,汪兵原来是个经常旷课的学生,还好欺负同学,个子很矮小,但全班学生都怕他。他不但能指挥本班比他高大的学生为他干这干那,还能让高年级的学生为他出面打架。班主任告诉高老师说,正准备把他开除呢。

高老师眯着眼睛沉思了一会儿,缓缓地说,先别,我治治他试试。

班主任笑笑,开除不是好法子,但留着影响班级的成绩啊,其实真推向了社会,就有可能毁了他,留下也好,再教育教育看吧。

高老师是语文教师,教学方式很开放,在课外常组织一些活动,学生们很踊跃地参加,他发现在养蚂蚁活动中的汪兵眼睛里贼亮贼亮的,就宣布让汪兵负责这个小组。

这个小组是跨班级成立的,需要好好组织。同时,把蚂蚁养好了,能培养学生的广泛爱好,卖给酒厂、药店也能为组织课外活动增加一些收入。

汪兵接受任务时,高老师只是淡淡地说:"我知道你的特长是有一定的组织能力。管好蚂蚁,就看你的了。"汪兵抿着嘴唇使劲点了点头。

此时,很多学生的眼睛里流露出明显的轻蔑神色,汪兵也都看到了。

从这以后,汪兵不再逃学了,所有心思全都用在了饲养蚂蚁上,指挥着这个小组的学生们,一会儿干这,一会儿干那,小脸上经常红扑扑的。

高老师发现汪兵爱上动物课了。一问教动物课的老师,果真如此。在课堂上能听课认真,爱问这问那的。

这天在他们喂养蚂蚁的时候,高老师很随意地去看,结果大吃了一惊。

汪兵嘴唇上横着两片树叶,双眼眯着,上半截身子左右晃动,嘴里吹出了有腔有调的小曲,另外几个学生就给蚂蚁投食,蚂蚁们快速地爬动着,叼起食物使劲搬运着,咬噬着。过了一会儿,汪兵两手就像乐队指挥打拍子一样往胸前一拢,其他几个学生就全部站直了身体,也在嘴唇上横上树叶。待汪兵的手势从胸前再往外一扩时,这几个学生就跟上他吹的调子,一同吹奏起来。过了片刻,他们几个瞅向蚂蚁的眼睛里光光亮亮起来,脸上的笑模样也荡漾开去。高老师发现,怪事发生了,蚂蚁们竟然全都停了下来,好似在竖着耳朵欣赏音乐呐。

他们的吹奏告一段落时,高老师看到汪兵的头上冒着热气,另几个学生脸上也汗津津的,就笑问道:"看你们的样子,也真够投入的啦。"

学生们都笑了,腼腼腆腆的,只有汪兵接上了老师的话茬,大方地说:"服从命令听指挥呀,您不是让我们管好蚂蚁吗?我们正在训练它、管理它呢。没想到的是,还真有了效果。"说着这话的时候,他们都充满了成功的喜悦。

"下一步打算怎么干呀?"高老师好奇地问。

汪兵蛮有劲地攥攥拳头,上半身又晃了晃,充满自信地说:"老师我已经托人了,给买些有关蚂蚁的书,好好研究一下它们的身体结构啊,生活习性啊,开发前景啊等等,还包括我们吹树叶,它们是真的有反应,还是有其他原因的一种假反应。"

"行啊,这是什么档次呀,简直有点科学家的味道啊。"高老师耸耸肩,摊摊手,笑着。

学生们也全都轻松地笑了。高老师看到,汪兵眼睛里的光更亮了。

逐渐地,汪兵不再惹是生非了,对其他科的学习也兴趣大起来。不旷课了,学习认真了,成绩就好起来。班主任对高老师说:"你还真行,管好蚂蚁教学法!"

毕业后不几年,汪兵竟成了镇上的"蚂蚁大王",办的大型养殖场被称为"江北第一",还把蚂蚁卖到了国外去了。

他在厂里经常说的一句话是:"管好蚂蚁!"

母亲，母亲

　　我不时抬眼看母亲一眼，嘴唇几次蠕动，但就是张不开口，说不出想说的那些话来，但不说出来又总是提心吊胆的，也很难安稳下来。母亲转过身来，看我坐卧不安的，就疑惑地盯着我看了一会儿，然后大大咧咧地说："你得瑟什么，还不赶紧睡觉，明天得早起上学啊。放心吧，我送你去上学。"我的头顶上不啻突然响起一声炸雷，头发梢"啪啪"地响着，好像着了火一样。我彻底晕了，过了半天才回过神来："别别别，我自己去就行，这么大了你再去送我，不是寒碜我啊。"

　　第二天就要到镇里上初中了，在这前一夜，我就想嘱咐母亲几句话，可我还没说出来，她倒来了这个，我不晕才怪呢。

　　母亲转过头来，认真地看着我。我好似被她的眼光穿透了一般，脸上火辣辣的，有些羞愧地低下头去。母亲转转右眼珠，恍然大悟的样子："娘的，你、你是怕我去丢了你的脸啊。你娘就这个样了，有什么办法！我都不感到丢脸，你倒酸歪起来了！什么时候我都是你的娘，命定了的你有什么办法。"

　　"不，不，不……"我的声音小下去，也不知想表达的意思是什么。不过说句心里话，我真的怕母亲到镇中学去，我一直忐忑着就是想和她说说，以后不要到我上学的学校去，有事我回来就是。

　　在村小学里，我们二十几个同学在一个班里，由于从小生活在一起,相互知根知底,他们对我的母亲没有什么惊奇的。所以,我们同学都能平安相处。可到镇中学后,大多是新同学。他们若知道我母亲的情况,我会感到抬不起头的。再说了,自己的隐私何必展现给别人让人作为话题呢。

"为什么不?"母亲犀利的眼光直直地戳向我,我感到脸部皮肤上承受了很硬的压力,生疼。

我的身子不由得萎缩了一下:"我自己去就是,还用你送啊!"

"哼哼,算了算了,再说吧,还不就是嫌我丢你的脸!"母亲转身忙自己的去了,我才松了一口气。

第二天清晨,我早早地起了床,背着书包向镇中学去报到了。初秋的天空非常晴朗,澄明高远。空中吹来阵阵清新的空气,饱含着成熟庄稼的浓郁气息。母亲只要今天不到学校来,我就放心了。要说的话容我以后和她好好说一说,她尽管脾气倔强兴许能听进去的。

到了镇中门口,我回头看去,没见母亲的身影,于是就放心地进了校园。办好报到手续,找到自己的教室,坐了进去。很多新同学来得更早,大半是在我前头到的。我进来后,还有些同学陆续走进来。刚到来,什么都找不上头绪,所以大多同学都在教室里安静地等着老师。

班主任还在忙着新生入校的有关事项,等待后到的同学报到。教室里嘤嘤嗡嗡,声音此起彼伏,我们在互相认识着,交流着。不经意间,我们眼前突然暗了一下,有个人影站在了讲台上。教室里一下子安静下来,全班几乎同时都抬起了眼睛。天哪,竟然是我的母亲在讲台上稳稳地站着,她手里拿起讲桌上的教杆,轻轻往桌子上一敲。这一下,好像就把我的颈项敲断了,我要死的心情都有了。别的同学都认真地看着她,以为老师来上课了。

"孩子们,我不是老师哈。"母亲笑了笑,解释着,接着用教杆指了指我,"我是你们的同学边玲玲的妈妈!"尽管离得很远,但我的头皮好像被她戳中了,生疼生疼的,眼前一阵发黑,感觉陷入了万丈深渊。

同学们谁也不说话,教室里很安静。母亲接着说道:"你们都看到了,我的左眼眼珠没有了,是一次大病让我失去了它,从此就给我留下了这个缺憾。今天我本来是要送我的闺女边玲玲来上学的,可是她不太情愿。我很理解自己的闺女,她怕同学们看到我一只眼睛有毛病,会议论纷纷,甚至会笑话她,并以此瞧不起她。"

我担心同学们会转过头来看我,可他们全被母亲吸引过去了,都在认真地听着,根本没人顾及我。

母亲两手捏着教杆两头,很自然地在胸前横着,好像托着一件很沉重的东西似的,她环视了一圈教室,沉稳地继续说着:"我来得晚了一些,但我还是来了。我也爱美,我当然希望有一双美丽明亮的眼睛。可是人有旦夕祸福啊。眼睛出毛病后,我很难过,但我得面对命运的安排,所以我就克服了自卑,好好生活了下来。家家有本难念的经。其实我们好好想一想,谁家没有一件两件的糟心事儿啊。"

我慢慢抬起了头来,脸上不烧了。

母亲笑了笑;"缺陷,如果能掩饰就掩饰,要是掩饰不了,还不如趁早让人知道,别人就没有什么好奇的了,正视它不就没什么了。"

母亲讲完,同学们热情地鼓起掌来。在同学们的掌声里,母亲对着我,自自然然地:"闺女,我回去了。"

然后对着同学们摆摆手,洒脱地走出了教室。

后来上高中、上大学,我都主动要求母亲去送我,我会主动把母亲领到教室里,向同学们作介绍。参加工作后,母亲也是常来看我,我会挽着母亲的手臂四处走走。周围的人从没有因此瞧不起我。

母亲对待缺陷的方式,使我受到很大启发。从初中那次以后,在生活中对自己的不足之处从不试图隐瞒,并尽早让别人知道,结果反而度过了很多关口。倒是其他一些人,为了隐瞒一点小小缺陷,活得很累很累……

打　牌

"这个问题请陈小燕同学回答。"我点了名后,全班几乎所有的眼睛都转向同一个地方。

在那里,一个娇小而萎缩的身影慢慢地站了起来,那是一个瘦弱的小女孩。

她默默地站了一会儿,脸红了,没吭声。

"怎么,你会不会啊?"我尽量放平语调,又问了一声。

她仍没有回答。教室里已有了窃窃的私语。她显得更加拘束不安了。

"请坐下。"我心里尽管有些生气,还是让她坐下了。

我已接手这个四年级班的语文课快一个月了。通过了解,陈小燕是这个班里智力最差的一个学生,几乎所有的问题她都不会回答。有时,我故意设置一些最简单的问题,她也答不上来。后来我才知道,她是会的,她看出我故意提简单问题,她就不回答了。可难一点的,她又是真的不会。

这个学生的右腿有残疾,尽管不需拄拐杖,但是走起路来,腿是一拉一拉的。走在路上,很多学生会把目光转向她。每当这时,她就脸红红的,立即回教室坐下,脸上的不自然半天都变不过来。

经过分析,我认为,是她腿部的残疾导致了她的自信心不强。

我就找她谈话:"小燕,老师希望你能赶上去。"

"不行,高老师,我真的不行。不光你问的问题,其他科老师提的问题我也不会。"她细声细气,一点自信都没有。

"只要认真学,就一定能赶上去的。"

我的话,尽管我自己也感到空洞,但我发现陈小燕还是使劲点了点头。

后来的事实证明,我对她的谈话,效果并不佳。

这天中午放学后,教室里只剩下了三个学生,剩下的学生中就有陈小燕,其他学生都午休去了。

我灵机一动,请他们三个人到我的宿舍里打扑克牌。

我历来在学生面前表现得很严肃,他们出乎意料地受到邀请,且是玩儿,这在他们是第一次,当然在我也是第一次,他们三个都显得惊奇且兴奋,我发现陈小燕也露出了兴奋的神情。

毕竟是小孩子,打牌中,只要他们赢了,就高兴得不得了。我让陈小燕坐我的下家,她的牌我几乎全偷偷地看见了。在出牌中,我故意出她能管到的牌,她高兴的神情溢于言表。

"我的牌并不坏,只是被你们抓住了有利于你们的机会。"我最后总结道,"我出错了牌时,你们出对了。"

我又嘱咐他们："以后咱们再打。可千万别让其他同学知道。让他们知道了，我就不像个老师的样子了。"

他们理解地笑笑："行。"

气氛很融洽，陈小燕玩得很开心。

下午上课时，我见她终于克服了自卑，和其他同学一样平静地听课了。

后来，他们又找我打过一次牌，还是陈小燕和那两个同学。

"我又输了。"我沮丧地说。

"我赢了，是因为我抓住了机会。"陈小燕好高兴地说。

"其实，不管干什么事都一样，我们都应该抓住有利于自己的机会。"我不失时机地总结道。

到了小学毕业时，陈小燕的学习成绩有了一些进步，但并不是太明显。后来她上了初中，但学习也不很好。初中毕业，她就没去考高中，而是做生意去了。

她做得非常成功。

她经常来看我，并常常说起我和她打的那两次牌，她说："我受到了打牌的启发，不管干什么，一定要抓住有利的机会。"

我笑笑，点头："对，对。"

她又问："老师，您当时是为了鼓励我，才打的牌，是吧？"

我笑笑，不答。

告辞时，她充满自信地走着，尽管腿仍一拉一拉的，但很有力。

企 盼

　　女儿终于大学毕业了,女人长长地出了一口气,看到希望了呀。

　　在女儿考上大学不久男人就去世了。本来家境就不富裕,这简直就像塌了天一样。女人早已下岗,女儿每年一万多元的费用没了来源。女人多次出去找工作,可40多岁的年龄成了一个不可逾越的障碍,没有单位收留她。听说泡脚城泡脚的大多都是结过婚的,女人照着镜子看看自己那还苗条的身材,那还红润的面容,就决定到离家不远的明珠泡脚城应聘。还好,经过她的深情陈述和敬业保证后,终于被录用了。

　　女人做事认真,不长时间就有了相当一部分的固定客户,尽管每天从中午12点做到晚上12点,累得腰酸背疼的,但看到收入尚可,疲惫的脸上就会透出笑容来。

　　但说句老实话,女人并不喜欢这个工作。不管什么人,不管多臭多烂的脚,她都得认真做,脸上还得现出温柔和蔼的笑容。平时她经常不自觉地把手放到鼻子跟前嗅,总感到手上有股难闻的异味。每次做饭前,总是再次洗了又洗。她做脚这事儿,一直是瞒着女儿的,只说是在泡脚城打扫卫生。

　　女儿学成归来,她感到有盼头了。她想只要女儿找到工作,她就不再干这个活了。哪想到,快一年了,女儿还是没能找到录用单位,女人也就只好继续做下去。女儿的花费仍然相当大,这中介,那招聘的,只要去就要往里填钱。

找不到工作,女儿的心情就不好,回到家里总是黑乎着脸,女人还得赔着小心。

这天上午,女儿不到 11 点就回来了。尽管外面阳光灿烂,秋风和爽,女儿脸上却阴云密布,好似酝酿着一场暴风雨,女人知道女儿又是无功而返。很长时间以来,娘俩能在一起吃午饭还是很少有这种机会的。一起吃早饭还多一些,中午和晚上却几乎没有过。女人很高兴,女人赶紧洗手,洗了又洗,最后把饭做出来了。

可是,女人感到了不对头的地方,女儿进门就没说过话,但眼光却一直追随着她的行踪,好像有什么话要说但又难以开口。

吃饭,看什么看,老妈不就是越来越老了。女人拿起饭来的同时,招呼着女儿。她需要赶快吃完去上班,工夫耽误不得。

女儿一动不动,仍盯着她看,你在那里不是打扫卫生的!

怎么了？女人还没反应过来。

女儿嚷道,一直风言风语的,我还不信,竟然是真的。

什么真的？女人仍没听明白。

你到底在那里干什么？女儿声音大了起来。

女人也认真了起来,放心,妈没做过什么丢人现眼的事儿。

你这几年一直在那里给人洗臭脚丫子！女儿几乎咆哮起来。

女人沉默了,脸一下子松垮下来,感到浑身连四两劲都没有了,你,听谁说的？

女儿既盼着母亲能否认这件事,又知道否认了自己会更不高兴的,因为事实明摆在那里,我,我去问了。

女人好像要虚脱了,轻轻点了点头,眼中的光芒渐渐暗淡下来,是的,我找不到别的工作,就在那里洗脚了。

呕,呕,女儿突然呕吐起来,带着哭腔,我,我,这几年吃了你做的很多次饭,都是用你摸过那些臭脚的手做的呀,呜,呜,呕,呕。

女人的心一下子空了,混混沌沌的,眼前发黑,好似天突然黑了下来。不知过了多长时间,才慢慢又逐渐明亮起来,眼睛又能看清东西了。女儿弓着腰,仍然在哭泣着,干呕着,整个身体不时地抽搐一下。她心疼女儿,就拉过女儿的手,塞给她点钱,说,你出去吃点饭吧,我得去干活了。

女儿扭动着身子,反复地说着,不要再去干这个了,不要再去干这个了。

女人沉默了半天,别说了,出去吃点饭,以后就在外边吃吧。

此后,女儿真的不在家里吃饭了。有时候回来,女人问,吃饭了没有?女儿使劲点点头,吃了。在女儿临走的时候,女人还是塞给她一些自己辛辛苦苦挣来的钱,由于还没有找到工作,女儿只能接过去。

后来,女儿找到了一个体面的工作,就再次劝说女人辞掉做脚的工作。女人想想,就答应了。女人感到,只要自己做下去,女儿就还是不会吃自己做的饭。

女儿知道自己的母亲辛苦,所以经常给女人一些钱,让女人打理好自己的生活。

但到今天为止,女儿还是不在家里吃女人做的饭。

她说,实在没办法,就是接受不了,我总感到臭脚的阴影还在。

女人在心里说,我何尝不是这样,一年多过去了,我还是感到手不干净,每次总是反复地洗,相信妈妈,总有一天,我会洗干净的,那时你就会回来吃饭的。

去学校看儿子

　　他停下脚步,张着嘴,大口地喘着气,拍拍酸麻的右腿,肌肉好似就放松了下来,疲累感有所缓解了。学校的大门仍紧紧地关闭着,但西边的校门敞开着,不时有人随意进出着。他这是第几次来这里了也记不清了,前几次来门卫对出入人员严格检查,他根本就没有进去过。这次看来能进去了,他脸上浮起了一层厚厚的笑意。

　　隔着一条公路,他眼光柔柔地看学校的大门里,迎面是一座高高的楼房,装饰得很有气派。楼前矗立着一根笔直的旗杆,他使劲抬抬头,反射回来的阳光刺目,他的眼泪就要流出来了,但他看清楚了,上头是迎风飘扬的一面旗子。

　　他从乡下到县城里打工两年了。儿子上高中了,花费越来越大,他就把土地撂给老婆种,自己来城里打工。由于右边一条腿有残疾,走路一瘸一拐的,也干不了什么挣大钱的活。他就在一家制作烧鸡的家庭作坊里洗鸡,一天要工作十多个小时,干下来总是腰酸背疼的。但看到主家管吃管住,还每月发他一千元工资,他就干得津津有味。

　　儿子在县城这所高中上学,他打工的地方在县城南,儿子上学的学校在城北,相距4公里。

　　这个学校也是他过去一心想上的学校,这学校教学质量好,是一所名校。可由于自己瘸着一条腿,又加上生活困难,在乡下上完初中他就没机会再上学了，这所学校的大门他没能迈进。

儿子考上后，他满怀喜悦想送儿子入校，借此机会也顺便看看自己一心想上但没能跨入大门的这所学校。儿子皱着眉头，盯着他的右腿看了半天。他的心一颤，脖颈一软，眼光也落了下去，残疾的右腿一阵痉挛。儿子有些惭愧，但还是坚决地摇了摇头："不用，我自己去就是。"他知道，儿子是为他的瘸腿感到羞愧，不想让自己的同学知道自己有一个腿部有残疾的父亲。

两年了，尽管父子俩同在一座县城里，相距也不远，但他们从来没有在学校附近见过面，需要钱了儿子会来城南找他要，但绝对不同意他过去送。他想儿子了，也只能忍着。但他想到学校看看的念头始终没有断过，他想哪怕隔着窗子看一眼也就心满意足了。

有几次，他忍不住了，也曾偷偷地跑来过，他舍不得打车，迈着有残疾的腿，用了接近两个小时才来到大门口，可看大门的门卫拦住了他："请问，您有什么事吗？""我，我……"他担心给儿子丢脸，就趔趔趄趄地往一边退去，但眼光却急吼吼地盯着校园里面。门卫看他不像坏人，就又提醒说："按规定星期六可以来看学生，平时有事和班主任联系好也可以让班主任领进去。"他使劲点点头，一步三回头地往回走，那不舍之情流露得十分充分。

这次是节日放了假，他知道儿子已经回乡下的家里了。而他打工的主家也因供货有点问题放了他半天假，他就又打算去看儿子的学校了。他和主家说："就是儿子不在那里，我去看看也就满足了，看看儿子的座位，课桌、教室，就行了。"主家很理解，告诉他："你要目不斜视，大模大样儿地进大门，门卫一般就不会过问了，特别是放假的时候，他们认为进出的都是学校的老师，老师太多了，他们也不是都能认得。"

他知道主家说的有道理,这次就在学校大门口的路对过先停下来,待休息过来后,就大步跨过路去,步子尽量迈得稳健一些,让外人对他的残疾别看太清楚。来到大门西侧敞着的侧门时,他没有转头,而是毫不迟疑地跨了进去,同时用眼睛的余光扫视了一眼,门卫室里有一人正对着电视入迷了,见自己没有遭遇阻拦,他赶紧向右转去,走出门卫的视线范围,长长地吐出一口气,浑身才放松下来。一松弛下来,他的腿又明显地拐起来,他感到还是这样舒服,也就不管它了。

他的眼睛忙不迭地四下里看,贪婪地看着,心脏的跳动加快了很多,这就是我想上的学校,这就是儿子正在上着的学校,嘴里忍不住嘟囔起来:"高二,36 班,高二,36 班,在哪里啊?"楼房一座座地矗立着,他逐一地看,办公楼过去了,实验楼过去了,多功能厅过去了,图书馆过去了,"到底在哪里啊?"

他在乡下上学时都是平房,门口上方钉着一个牌子,要找哪个班大老远就能看到。可这里走到教学楼门口才能看到一楼的教室门口挂着的牌子,他一看是高三的,但他怕错过,就一层层看上去,到了顶层仍然是高三的教室。他只好又下来,就光去找高二的教室了,但他把高二的一座教学楼又挨着走了一遍,还是没有找到 36 班。他眉头一皱,想了想,肯定还有一座高二教学楼的,就又耐心地寻找起来。

当"高中二年级 36 班"的牌子终于进入眼帘时,他感到喉头一热,眼睛有些湿润,控制不住自己跟跟跄跄地跑过去,身子紧紧地贴在了门上,门都让他顶得颤了几颤,鼻子扁扁地顶在玻璃上,凉凉的,麻麻的,他知道自己贴得太近了,但就是舍不得离开一些。黑板、电视机、讲桌、课桌、座位、墙报,一一看过去。"儿子在哪个座位上呢?这个?不。那个?不……"他把每一个座位逐一设想了一遍，最终当然还是弄不清楚儿子的具体位置。"时常会调整座次的，儿子在哪个座位上都是对的。"想到这里，他偷偷地笑了。

他往学校门外走的时候，觉得腰杆挺得更直了，步子走得稳稳当当，楼上楼下这一番折腾反而并没有感到疲劳，直到出了大门，他才转回身来，充满豪气地对着门卫室摆了摆手，门卫室的人疑惑地看了他一眼，又转头忙自己的事去了……

王老师

"嗨嗨嗨，往后多帮忙啊。"王老师嘴角咧歪着，笑容迅速布满了整个面部的所有部位，任何角落照顾到了，并就这样凝固着，坚持着，眼睛亲切地看着你，不容你不答应。

其实，我们都知道他的情况，他的妻子没有工作，跟着他在学校里住着，一直闲着没事干。学校沿街的一面盖成商品房出租，他家就要了一个门面，主要卖些学生用品，也兼及其他一些小商品。刚刚开张，他见了我们这些好兄弟就广告起来了。

"那还用说！"我们对他如此嘱咐感到好笑，并表现出一丝斥责的神情。

"怕不说一抬腿就忘了呢。"他解释中流露出的信任融洽了关系。

怎么会忘呢？周末没事，我们几个人凑在一起要打牌，我跑到他的店里拿扑克，他正好在，一看见我进来，就笑着说："来了，快坐坐。"

"拿四副扑克。"我站在柜台外面,打断他的热情,直奔主题。

他把扑克递过来,解释说:"这种质量好。"

我给他钱,他没接,笑得让皱纹更密了一些,推脱道:"算了吧。"

"那怎么行? 该怎么的就怎么的!"我最怕买熟人的东西人家不要钱,弄得很尴尬。

其实我的担心纯属多余,他接着就摸起我放在柜台上的钱,先用手捻搓了一下票面,然后很自然地举起来对着亮处看了看,然后开始找钱,找回的零钱攥在他的手里并不急着给我,而是先把计算器推到我面前,用右手食指一一按起来,并告诉我这种扑克是多少钱进的货,他是按多少钱卖给我的,"这样,一共让了你八毛钱。"我一琢磨,他这是按进货价卖给我了。但当时我非但不感激,反而心中升起了一丝鄙视,我又没打算让你让钱,这是何苦呢。商人,商人就这样算计着做买卖的。我立即脸色一正,也板板整整地说:"让什么,不用。"并抽他刚刚递到我手中的钱,递过去了一块钱。他脸色一沉,笑容消失了,很不高兴地推开我的手说:"让了就是让了,快收起来吧。"我还是感到不舒服,再加上当时年轻气盛,就又顶了一句:"你不是说少赚了八毛钱嘛。"他嘻嘻笑着,往门外推我:"走吧走吧,让是我想让的,让了俺不是说明白吗?"

仔细想想,他说的也有道理。

因为我和他都在所谓的校委会里,所以学校盖一排教室时,校长把我们都领到了工地上说说费用等等的。校长蹲在地上,拿着一根小木棒在土里划拉着、说着。这时,我发现,王老师从兜里掏出一个计算器,凑过去递给校长:"用这个吧。"我奇怪,不知何时他竟然经常装着一个计算器，真是商人！校长并没有接过去，而是站起身来，扔掉了手中的小棒，双手交叉着拍了拍，才说："让王老师用机器算算，更准确。"于是校长说几个数字，然后问是不是多少。他就先是用右手食指一下下戳着左手掌中的一个个键盘，然后连连点头："是，是，是！"

　　不久后，学校安排我和他到县城里去购买一部分教学用品。由于时间充裕，我们俩商量着决定先逛逛，然后再去购买。学校地处偏僻的乡下，来到县城了，得先开开洋荤看看景的。走着走着，路边上有一个乞讨的老人，可怜巴巴地对行人一下下地点头，诉说着自己的不幸。王老师在距离他三四米处停下了脚步，我有些反感，催促他道："走走走，赶紧走。"被我连拉再推地走出了一段距离，他转过头来："怪可怜人的。"我不屑地说："觉得他可怜，就献点爱心呗。"不待他说话，我又提醒道："报纸上电视里的，经常提醒我们，他们一般都是骗子，你愿意上当就去放点钱。"他看着我，眼睛里流露着请求的神色，商量道："不绝对吧，怎么能都是骗子呢，肯定有真的，咱再回去看看吧？"我跟着他，又来到那老人的附近，站住了，他只是静静地看着，并没有往外掏钱，我用手指戳戳他，他就摆摆手，眼睛却始终盯着老人那个破碗，偶尔会有过路人向碗里扔进一点钱，我不明白他站在这里是什么意思，眼睛四处撒着，光想赶紧去逛街，他不知何时掏出来了他那个计算起来，等过往行人扔下钱，他就在计算器上按一下，我不知道他要干什么，但看他认真的样子，我倒安下心来了，帮他一起看老人碗里每次增加的钱数。"一个多小时了，"他看看表，小声说道，"有十一个人向碗里投了钱，但太少了，也就是十几块钱。"他停顿一下，肯定地说道，"老人不是骗子，这算不着账啊，干点什么不比这强。"

说着,他走上前去,在老人碗里放下二十元钱,迅速转身就走。我一愣,也赶紧掏出五元钱,往老人碗里一扔,赶紧去追上他:"出手大方,不愧是商人!"

他咧着嘴笑着,说得很坦然:"我哪是什么商人,就是算计着帮老婆做个小买卖呗。"然后才想起手中还拿着的计算器,赶紧装进了兜里。

我主动招呼他:"走,王老师,咱去买教学用品去。"

桑老师

"下面,请大家自读课文,体会我刚才讲的这篇文章在写作上的特色。"桑老师说完,就走下讲台,向门口走去。

大多学生们会心地一笑,认真看书去了。

桑老师并不跨出教室,而是走到教室门口的正中间就停住了,背对着里面的学生,从中山装上衣口袋里慢慢掏出一面小圆镜来,用左手举到额前,脖子和腰板也慢慢直起来,头先向右转一下,接着向左转一下,反复几次以后,右手也举起来了,五指曲着,轻轻梳理着自己额头上部的头发,待满意了,再小心地用手心轻压几下头顶的头发,最后加快速度拍拍后脑勺,再在镜子里认真看一眼,满意了,则嘴角向两侧一咧,"倏——"发出很低但悠长的声音,转身再走上讲台,这时学生们发现他头发一丝不乱,面含微笑,整个人就更加精神了。

桑老师是一个接近三十岁的男老师,讲课极为认真,学生听来津津有味，可就是爱在讲课的间隙里，去整理一番自己的头发。他也不是留有什么特殊的发型，就是一种简易右侧抿的自然倒形式，按说不值得这么隆重地去关注它，可他已经成了习惯，几节课后，学生们也就习惯了他的这种做派，见怪不怪了。

可是，学校领导却看不惯，在教师会上不时地敲打他一下："当老师固然要注意形态举止，但注意庄重大方、干练整洁也就行了，也不必刻意求之，分散学生的注意力。"

仅仅说这些，很多人就心领神会地知道是不点名地批评桑老师了，桑老师自己也知道领导的意思，但他也不会接这个话茬。

可有时领导感到意犹未尽，就会再加上一句："你说是吧？桑老师。"

在人们的笑声中，桑老师轻言慢语地开口了："屈原那时候，各种香草都披在身上，我们怎么理解，理解不了啊。"那时候刚刚拨乱反正，在一个农村中学里，知道屈原的人很少，会场一下子安静下来，他轻轻一笑，思维又跳跃了："'盖此身发，四大五常，恭维鞠养，岂敢毁伤'？不能毁伤，还得多加爱护哩。什么都需要爱护，学校的公共财物更要爱护。"

"又开始跩文了。"从《楚辞》到《千字文》的跳跃，又加上不伦不类的爱护学校财产等，很多人已经听不懂，学校领导是造反派起家的，对此更是不知所云了，只好自己找台阶下："这个，总之，言传身教，一定要给学生做出一个好样子来。"

桑老师还会接过话来："学生学板正比学邋遢要重要啊。"

领导不好在这个问题上纠缠了，就挂了免战牌，安排其他工作了。但人们发现，桑老师却不安分了，一会儿就举起右手来，用分开的五指梳理一番自己的头发。过不长时间，又会重复一次，不过还好，并没有掏出他那个小镜子来。

会议一散，人们都分散开来走去。可是，正走着，桑老师突然一愣，停下了脚步。人们被一挡，眼光就转向了他。

领导小声嘟囔一声："神经病。"但并不敢让桑老师听到，可他会故意让一些老师会听到，人群中会发出一阵笑声来，领导满意地走了。可走几步回头一看，又气哼哼了。

只见桑老师站在那里，凝神静气地过一会儿，就开始皱眉头了，接着长长吸入一口气："倏——"身体向右弯着，费力地用左手去掏上衣左上兜里的小镜子出来，开始细心地整理头发来。

"没治啊。"领导只好一跺脚，赶紧走了。

星期天下午，有个桑老师班上的学生在上山拾柴的时候，掉到山崖下边摔得很严重，最后没有抢救过来去世了。星期一办丧事，桑老师赶到了。他神色凝重地轻轻揭开自己学生脸上遮着的黄表纸，看了一眼，就转身去拿来一只脸盆，一条毛巾，倒上温度适宜的热水，拧好毛巾，就蹲在那里仔细地为这个学生擦拭起来。

联中嘛，就是几个村联合办的中学，学校在其中的一个村子里，和村里老百姓打交道就多一些。

学生家长在一边嘎嚅着："小孩子，哪用这么板正啊。"

桑老师什么话也不说，轻轻地为这个孩子擦干净脸上的血污，拂拭去身上的尘土，然后直起身来，舒展了一下自己的腰身，抿着嘴，皱着眉，神色庄重地又蹲下来，伸出右手，分开五指，慢慢梳理起这个学生的头发来，直到整理得顺顺溜溜，才又把那黄表纸遮盖在他的脸上。

桑老师再次站起身来，他的额前头发早就披散了，有些乱，他用刚刚为学生梳理头发的手，细心地梳理好自己的头发，就又赶回学校上课去了。

看着他的背影，乡亲们的眼睛湿润了。

桑老师喜欢照镜子整理头发的这个习惯,保持了一生。

前不久,五十多岁的他因患癌症去世,很多人赶了去。那曾经敲打过他的学校领导也到了,提醒着:"给桑老师梳好头发啊。"很多人附和道:"我们也是说这个事的。"

晒

班里的学生都对班主任田老师有些憷头皮。这不,晚自习又来板着面孔把学生们教训了一番。严厉、不近人情,是学生们对他的一致看法。

但李伟一直有些麻木,所以对田老师并没什么特别感觉。下晚自习后,他随着回宿舍的人流,拖着沉缓的步子走着。大冬天的,冷风飕飕地刮着,其他同学都搓着手哈着气小跑着,而他明显有些迟疑。入校几个月了,他总是和同学们不远不近的,显得不合群。

他们这个学校是乡村中学,条件很一般。三间平房是一个大宿舍,安放着密密实实几乎紧靠在一起的很多张双层床。学生们起床后并不用认真叠被子,都是把被子一拉,略整理一下就算完。

李伟的铺位是下层,这让他很庆幸。若在上铺的话,他可能早就退学了。

李伟慢腾腾地脱着衣服,试探着往被子里伸着腿。在被子被掀开的一刹那间,一股暖暖的气息钻入鼻孔,感到被褥暄腾了许多。每天晚上体验一次的那种冷冰冰的感觉好像飞走了。他愣了一下，慢慢地躺下去，预想中的凉湿也消失了。咦，怪了。

他上初中了还是经常尿床，就整天恨自己恨得不得了。晚上开始不敢睡，后来迷迷糊糊地睡去后，一觉醒来往往身子下面又湿透了。他难过，怕同学们知道，自己的脸没地方搁。他从来不敢把湿被子抱出去晒，盼着到晚上时能慢慢焐干了，让自己好受一些。近段时间同宿舍的人可能已经知道了他尿床的事，有时候小声叽叽喳喳着，看到他就停下了。平时，看他的眼光也有些特别。每当这时，他脸上会火辣辣的，赶紧走到一边去。

真是越怕躺着越给咸盐吃。这不，一觉醒来，李伟的身下又湿漉漉的了。四周一片漆黑，周围的同学都睡得很香甜，有的在打着长短不齐的鼾声，有的不时地翻动一下身子，还有的在睡梦中不知咕哝了一声什么。他感到被窝中有一股臊气代替了上床时的那种香暖气息，身子赶紧往一边挪挪，离开那热热的、湿湿的地方，往干地方蜷去。不一会儿，他打了一个冷战，头脑一下子清醒过来，又慢慢挪回到那被自己尿湿的地方。此时不是挪开时的感觉了，那地方已经变得冰凉，身体一接触上去，有一种冷到心里的感觉。他犹豫了一下，还是严严实实地用自己的身体把湿地方尽量全部压住，盼着明早能够用自己身体的热量把这个地方烘干。这样躺着，湿气渍浸着身体，有些痒，更有些黏。不知过了多久，才又睡去。可第二天早上，身下还是湿湿的。

为了弄清昨天被子怎么变干的，他长了个心眼，在白天课空里偷偷跑回宿舍看了看，发现自己床上的被褥不在了。呀，可能真的是有人帮自己晒了。他的脸腾地红了，满头满脸地出了一层热汗，在光天化日之下展示那一圈圈黄黄的地图，还不丢死人啊。他迅速转回身来，先在宿舍前面远近地找寻着，没有！后来扩大范围，到宿舍后边，到东边西边都找了，结果仍然没有。最后，他

紫桑葚

利用几节课的课间，找遍了整个校园，也没有发现自己的被褥究竟在哪里晒着。他想这回完了，肯定是被人偷去了。他一直忐忑着，白天的课就没有上好。傍晚回到宿舍，结果他的被褥已经回到了床上，并且铺展成自己早上整理的那个样子了。

从此，他处处留心，在整理被褥时总是做个记号，回宿舍时再看那记号的变化情况。他并不是每天晚上都尿床，但他做的记号却每天都发生变化，说明有人每天都来动他的被子。只要他尿了床，晚上被褥总会变干，且暖暖的。

他一方面担心自己的尿床毛病被进一步扩散开去，一方面也很是感激这个默默地照顾自己的人。

他想弄明白究竟是怎么回事，就尽量抽出时间多回宿舍，可是很长时间过去了，仍没发现拿走自己被子的人。

这天，早饭后的第一节课打预备铃后他向上这节课的老师请了假，说自己有些头疼要回宿舍拿药片吃。回到宿舍，他多了个心眼，悄悄地爬到宿舍最东北角的那张床的上铺，靠墙躺下去，把被子挡在外面，伪装成没有人的样子。在这里，看他那在西南角的下铺，光线、视线都最合适。

上课铃刚刚响过，随着一阵囊囊的脚步响，门口进来了对学生最严厉的班主任田老师。他大气不敢出，睁大眼睛看着。田老师进来后，环视了一周，没发现什么异常，就走到他的床前，慢慢掀开被子，看到被他尿湿的样子，快速地叠了一下，就抱起来走了。李伟快速起来，悄悄地在后面看着田老师的背影，最后田老师把他的被子抱回了自家住的小院。

课间操后，他看到田老师回了办公室，就快速地跑到田老师住的小院门口，门紧紧地锁着，他推了推，出现了一道细细的门缝，他看到自己的被褥挂在晾衣绳上……

琴　声

　　上高中后，大凡必须中午回家吃饭，因为学习紧张，必须午睡一个小时。楼上的王家有个患精神病的女儿却每天中午在家里弹琴，几年了邻居们谁也没有试图制止过。琴声一响，大凡的睡意全跑了。越是想快速地睡着，就越是睡不着。休息不充分，就感到浑身紧紧的，身体有些沉重。他知道，这个麻烦是不好解决的。

　　王家的这个孩子，小时候长得漂亮可爱，从小就练琴。可到了高中阶段，其他学科不突出，压力越来越大，就精神不正常了。后来只好休学在家，但练琴却成了她的每天的必定项目。邻居们说，让她练吧，说不上慢慢就会好了。所以几年来，午饭后的这段时间，她一直是在不间断地让楼上乐声不断，大家也就都习惯了。

　　过去大凡不用午睡，也就没有大碍。上高中后，学习紧张，起床早，睡觉晚，学校五冬六夏都安排着午休，大凡又必须每天回家两次，回家吃一顿午饭，晚上在家住宿。每天中午，听着楼上的琴声，父母唉声叹气的。大凡躺在床上，两手使劲捂着耳朵，想赶紧睡着。过去听到的琴声并不大，可这时候却感到直直地往耳朵里钻，就怎么也睡不着了。三天后，大凡一家彻底失望了。他身体的沉重感更严重了，准备与学校联系，请求安排住校。可第四天中午，楼上破天荒地没有琴声了，大凡终于睡着了。

　　中午的琴声消失后，大凡刚开始是高兴的，不久就隐隐有了一丝不安，好似楼上在压抑着什么似的。但是他睡醒一觉，往楼下走的时候，往往会听到楼上响起一声重重地按琴键的声音，接着琴声又响起来了，由一股狠劲慢慢变为柔和的曲调了。时间长了，大凡也就放心了。楼上王家在改变一种习惯，这对整座楼的住户是有利的。

一次，大凡一家正在吃午饭，楼上响起杂沓的脚步声，好像几个人在拉拉扯扯似的，但很快消失，什么动静也没有了。

听邻居们私下里议论，是王家两口子知道了大凡需要睡午觉，就让自己的女儿改变弹琴的习惯，女儿很多时候是反抗的，但两人总会看着女儿，就是女儿坐在了琴前，也会齐心合力把她拉到一边去，一直看到学校上学时间，才任由女儿再去弹琴。

邻居们议论中，倾向性非常明显，绝对是赞赏这种做法的，毕竟很多人家希望中午能安静地休息一下的。可是不久以后，邻居们就开始转向了。据说王家这样严管女儿后，那女孩的病情又有所加重了。

这样，大凡一家也不安起来。大凡和爸爸妈妈说："再和老师提提要求，住校去。"但他和老师说了以后，老师说学校学生公寓紧张，要先让离家远的同学住下来，让他先在家住着，等腾出床位再安排。

大凡在午休得到保障后，身体的沉重感却没有消失。于是，他就经常会到音乐室里练习弹琴。很多同学不理解，劝他好好学习，迎接高考。有时班主任也劝他把精力集中到文化课的学习上。但他笑笑说："我抽空弹会儿琴，会感到浑身轻松，头脑更好使。"

他说的是真心话，在琴声里，他的大脑中会一片澄明，随后拿起课本来，能记得更牢，做题速度也会加快。

老师答应有空床位就让他住校,可始终没能如愿。他照旧每天中午回家吃饭和午睡,楼上王家中午也一直很安静,偶尔会重复一次脚步杂沓声,但很快就会安稳下来。

三年中,大凡认真上别人不太重视的《音乐欣赏》课,和音乐老师学会了好多的曲子,并且弹奏得非常熟练。

高考结束的第二天中午,大凡和爸妈说想到楼上王家一趟,爸妈交换了一下眼色,露出欣慰的笑容,连连点头说:"去吧,去吧。"

他跑到洗漱间,把头发仔细地梳理了一番,然后把衣服整理平顺了,才去楼上敲门。

门一开,大凡对着王家一家人,深深地低头鞠了一躬:"谢谢,三年来为了我,您……"

"孩子,快进来。"两位大人热情地往家里让着。

进门后,大凡看到王家姐姐在客厅的沙发上坐着,眼光有些直,身体不停地扭动着,光想起来干点什么的样子。他的眼圈红了,转过头来对着两位大人说:"高考结束了,今天中午我想在这里弹一曲,可以吗?"

两位大人愣了一会儿,继而笑了:"可以,当然可以。"说着,把他引导到自家的钢琴前。他看到,随着他走向琴前,王家姐姐也从沙发上站了起来,眼光开始变得柔和起来。

大凡慢慢坐下,凝视着黑白琴键,安静了一下自己,然后将双手轻轻抬起来,稍微停了一会,才向下按去,随即优美的旋律似流水一样弥漫开来。

一曲弹完,他起身招呼已经来到琴前的女孩:"姐姐,你弹一曲吧。"

然后,他对两位大人说:"从今天起,让姐姐随便弹吧……"

他告辞的时候,女孩的琴声已经响了起来,他感到自己三年来不时出现的浑身的沉重感慢慢要彻底离开自己了。

家　长

"这样不就庸俗了吗？你们……"他对着老婆和孩子平端着两手,还向外一摆一摆的。

孩子不搭腔了,老婆却没完:"听听听,不就是一个老高中生嘛,又斯文了。你清高,行了吧？可不都在这样弄吗？你不摆弄摆弄,怎么说得过去啊？"

想想也是,就下了狠心:"办办办,最近就办。"

说归说,真要办还颇费事,首先是手头不宽裕,老婆下岗,自己的单位只发百分之六十的工资,要养家糊口,要供孩子上学,难着呢。

好歹凑足了300元钱,他来到孩子上学的学校,找到班主任老师:"这个、我想和孩子的任课老师坐坐,瞅个空,咱们……"

"好好好,"班主任老师眼睛眯成一道缝,点着头,"咱上哪个大酒店？"

"我看这样,你牵头把老师们叫一叫,一定让他们都来,至于地点,你说……"他心里打鼓,怕钱不够,出洋相。但既然磕头跪炉子,就不会差最后一哆嗦了。

"咱别去太高档的,就金城吧,中等情况,还比较实惠,既然你把这事托付给我,那我就给按惯例办了。"班主任全揽过去了。

下午还不到下班时间,他就赶到酒店等着,还一次次到大厅门口看,恐怕来的人不多,凑不成一桌。

等呼呼啦啦来了近20人,他一下子傻眼了。我的天,怎么会有这么多人,听孩子说教他的一共7个老师啊。可能牵头人看出了他的疑惑,就赶紧拉着他往服务台走,小声说:"都这样,互相叫着。"又大声对服务员说,"哪个房间,两桌?"

等他们都坐下,他还在两桌之间来回串,班主任说:"你也坐。"

两个桌前已坐得满满当当的,他实在坐不下,就说:"我照应照应,就不坐了。各位老师,一定要放开,孩子多亏了你们啊,我感谢了。"

一片嘈杂的吃喝声把他的话淹没了,他感到了自己的多余,就退出门外。

走廊里时常有人去卫生间,服务员在来回上菜,他杵在那里,很别扭,但又不能走开,硬着头皮熬,有时服务员一笑:"先生还不进去?"

他只好点头:"嗯。"

终于班主任出来找他了:"我说,差不多了,结束吧,啊?按惯例,临走都是每人给带上条烟,咱再安排一下?这事我和服务员说,你结一下账就行了。"

好似和他商量,但牵头人没容他开口,就转身进去了。他只好赶紧跟进去,以便送客。

班主任大声叫:"服务员,服务员。"

服务员快步赶过来:"先生有什么吩咐?"

"抓紧,每人给上1条红塔山烟。"牵头人用手对着两张桌子一划拉,很大气。

他还在迷迷糊糊呢，一个好听的声音在耳边响起来："先生，请你去结一下账。"

他一看，房间里的人全部走光了，只有他自己傻站在这里，怪不得人家催结账。

"多少……钱啊？"他问得有气无力。

"一共是3180元，请你到服务台核对一下。"

他拖着酸软的腿，来到服务台："先记账行吧？"

"对不起，不行的，我们一概不赊欠，请你按时结账。"话语已变得有些冷冰冰的了。

"那……我用一下电话，叫人送钱来。"看服务台上的人流露出不高兴，他赶紧补充说，"放心，那个话费我一块结。"

他开始哆嗦着手拨电话，把县城里的亲戚朋友通知了一遍，让他们抓紧送钱过来。

"出了什么事？"接电话的人都很着急，"你是不是被绑架了？"

他很生气，但又不好发火，只能耐心解释："我欠酒店一点钱，交上就行了。"

他在大厅里焦急地等人，服务员时常翻眼皮盯他一眼。尽管是夏天，他感到身上有种冷飕飕的感觉。他先是奇怪这是怎么一回事儿，接着就释然了。忙了一整天，两顿饭没吃了，这不是正常现象嘛。一想到这里，他的肚子也不争气地咕噜起来。

"先生，时候不早了，请抓紧呢。"服务员不时过来催一声。

好似过了很长时间，他才陆续等来人了，终于把账结了。

他好似浑身散了架，转身坐到了大厅里的沙发上，再也站不起来，人们催他："行了，走吧。"

"不，"他坚决地说，"我牵头把你们叫来了，我得请请你们。"

"什么时候了,我们都早吃饭了。"人们开始走散了。

他只好站起来,踉踉跄跄地往外走。

在大街上,他迎面碰到了来找自己的老婆和孩子:"怎么到了这个时候?"

他没有接这个话茬,只是小声告诉他们:"我说,下次再请他们,一定多准备钱,别太寒酸了。"

老婆和孩子都怔住了。

大街上行人已经很少了,只是路灯明明地晃着人眼,他觉得好似来往的车灯似的,都在晃,都在晃……

险　方

阳都有一叫裴正浩的中医,喜欢开险方。中医讲究十八反的药物配方禁忌,有些药物是不能在同一服药中运用的,否则就会产生毒副作用,对人体造成损害,甚至危及生命。裴正浩却单单喜欢把这些药用在一个药方中。

有次,一个患者全身浮肿,经过很多西医、中医治疗后,均无效。听说裴正浩有些能耐,就来到他的门下求治。裴正浩看到患者眼睛都肿得睁不开了,病人自述骨节疼,怕见风,经常出汗。通过诊脉、观舌苔等,裴正浩心中就明白了,于是开出了"大豆汤"的药方。患者亲属接过药方一看,一下子呆住了:"裴先生,这,这……甘草、甘遂、乌头、半夏能用在一起吗? 用量还这么大?"裴正浩一听明白了,这是久病成医,陪着看病时间长了也就懂得一些医道了啊。他就解释说："这两组反药同用，为的是取其大吐以去湿。相反相激，才能取得效果。甘遂、防己、乌头、半夏、甘草、生姜是为阴邪逆满，眼合不开而用，用以通阳气，散阴结。并且用乌头、半夏、甘遂、甘草反激之大力来祛风。到小便爽利，全身肿消就停药，也许这药不用吃完就好了，放心用吧。"患者看到裴医生轻松自若的样子，又加上实在没有办法了，回去后就照着药方，日四夜三地服用，一切症状都在裴正浩的预料之中，不久彻底痊愈。

民国三十三年，日军驻城头目田中一郎的孩子耳朵后、脖子上都长出了一些突起的小疙瘩，大的摸着像栗子那样硬。田中一郎急得嘴上都长了燎泡，但他毕竟是个小头目，把孩子送回日本治疗不现实。听说裴正浩的名气后，就派人来请。裴正浩一听是给日本人看病，就梗起脖子，一口回绝了。听来人解释是一个六岁的孩子病了，皱着眉头沉思了半天，才随人到了那里。诊断病情后，他开出散肿溃坚汤，并在其中加上了和甘草反着的海藻这味药。

田中一郎跟前的一位汉奸不太放心，拿着药方去咨询了另外一些医生，回来后告诉田中一郎说，甘草和海藻一般是不能用在一起的，在中国金代的《兰室秘藏》和明代《普济方》卷二九一都有这个药方，叫作散肿溃坚汤，但并没有海藻这味药，根据中医讲究的十八反，用在一起会有毒。

田中一郎听后非常震惊，立即派人把裴正浩再次请来，指出了药方的问题所在，并居高临下地指责他："你的良心大大的坏，怎么能谋害一个孩子呢？"裴正浩一听，正色道："孩子是无辜的，我绝不会害一个孩子。若是你让我治病，我还真想给你下毒。但你要是真有了病，我是绝对不会给你治疗的。"听到这里，田中一郎才慢慢平静下来,并点了点头。沉默了一会儿,他平静地问道:"那你怎么解释药方的事?"裴正浩哈哈地笑起来:"中国医学博大精深。同样是金代,李东垣的散肿溃坚汤就是海藻与甘草同用的。甘草乃是调和诸药、清热解毒之品,这里用就是可以的,是没有问题的。对于十八反,单看怎么用!相信我就服用,不相信就另请高明去。"说罢扬长而去。田中一郎思考了一番,按照这个药方给孩子治疗,不久后肿块全部消失,他才对裴正浩彻底佩服了。

田中一郎一家在离开阳都的时候,专门上门来再次表示感谢,还带来了一些钱物。裴正浩还是坚决拒绝,并再次申明:"儿童是天真的,他们也是战争的受害者。我是给无辜的孩子治病,所以不用感谢。如是你患病,我是坚决不会给治疗的,这你是知道的。"田中一郎收起钱物,深深向他鞠了一躬,头都几乎触到了地面……

在追查汉奸的时候,有人说裴正浩曾给日本人治过病,指责他是汉奸。有人听到这个消息后,赶紧跑来告诉了裴正浩让他赶紧想办法,最好去找找那些说了算的人解释一下。裴正浩上身挺了挺,脖子再次梗了起来:"找找?找什么找?"来人说:"你也不是没有钱,打点一下,平安就好。"他脖子梗得更直了:"我没这样的习惯。"来人无奈地说:"你呀,给人治病好开险方,怎么对自己的前途命运也开险方啊。"

裴正浩沉默了半天,眼睛慢慢向远处看去,语气舒缓地说道:"险方,险方有时治病更有效……"

改 方

民国年间,社会逐步开放,作为女性的周碧华,整天在阳都南门芙蓉街药店抛头露面地给人抓药,也已经没人觉得奇怪了。

最早,是周碧华的丈夫张鞠通在这里开了一家中医堂,给人诊病开方。后来,很多患者反映拿着药方到别处去买药不方便,于是他们就在路南又开起了中药房,人们拿着方子从路北走到路南就能抓上药,的确是方便多了。

周碧华出身于一个识文断字的家庭,耳濡目染也认识了很多字。跟张鞠通结婚后,一有闲暇就会捧起医书认真阅读,时间长了对中医也逐渐懂了起来。

她知道自己丈夫的能力,所以一直很佩服张鞠通开的药方,总是认真照着方子给人抓药,日子过得风平浪静。

有时,她也会和来抓药的人闲扯上几句,来人觉得她话语平实又能体恤人,也就很爱和她说说话,倾诉一下病情好坏等。

这天,已经服了七服药的一个病号又来抓药,周碧华看到病人并没有多少好转的样子,就有些奇怪。她觉得凭丈夫的本领不应该出现这种情况,于是就在病号和药方之间多看了几眼,眼光就停留在了药方中的巴豆霜上。病人哮喘咳嗽,丈夫开的这个方子中用巴豆霜是非常正确的,她发现方中的半夏、鲜姜、干姜等用量也都没有问题,但周碧华觉得巴豆霜的用量有些偏少了。巴豆性味热、辛,有大毒,所以医学上一般不直接用巴豆,而是把巴豆炒热用吸油纸包住压成粉去掉一部分油做成巴豆霜再用,这样能有效降低毒性。但用量还是需要好好把握,否则就会出问题,所以医生用这味药时,在用量上总是慎之又慎。这时,周碧华一阵技痒,又仔细看了病人一会儿,并让他伸出舌头来观察,还搭手为他诊了一下脉。然后安慰说:"快了,你的病快好了。"她根据自己的判断,不动声色地把丈夫开的药方中的巴豆加量让病人拿了回去。她听到了病人痊愈的消息,心里偷着乐了很长时间。

从此以后,周碧华开始认真关注张鞠通开的药方了,在为患者抓药以前总是认真琢磨一下丈夫开的方子。她发现,大多数时候方子是没有问题的,偶尔觉得药量不合适时她就偷偷地给改一下。

慢慢地,她看出门道来了,原来是情绪影响了丈夫对药量的准确运用!不相识的人来看病,张鞠通拿捏得很准确,用药量总是恰到好处。可是对认识的人,特别是和他有友情或有过节的人来看病,张鞠通在有些药的用量上就会出现偏差。那次巴豆霜用量不足就是因为病人是他的朋友,他看到的病没有达到已经到达的程度,怕用药多了会对朋友造成损害,所以就用不到量。周碧华第二次为丈夫改药方,是一个曾与他们家有过节的人来看病的时候,她一眼就看出张鞠通开的白虎汤中生石膏用多了,她知道丈夫不是故意的,只是因为对患者冷漠就又把病给看得过重了,她毫不犹豫地把量给减了下来,结果证明她做得非常对。

后来,造成周碧华和张鞠通分手的原因也恰恰是药方造成的。

这天,有位女患者看病后,拿的药方让周碧华格外奇怪。女患者怀有身孕,但患上了气血两燔之症,前几天张鞠通用龙胆草、芦荟等给她清肝胆之热,但并没有起到作用,所以就换成了出自张景岳《景岳全书》的《玉女煎》这个方子。张鞠通很细心地把石膏换成了生石膏,并去掉了牛膝这味导热引血下行的药以利于保胎。周碧华知道,若这样用药,本来应该很管用的药方会因其中的生石膏太少而不会起多少作用。这究竟是为什么呢?周碧华先是用舌诊、评脉等法,确定了张鞠通的用量的确是不对的,就又顺手给改大了生石膏的用量。过后,她总是不自觉地就思量起这个问题来,张鞠通和这个女人平时并没有接触啊?难道真会有了感情?别说,世上的事还就怕有心人,通过几天的观察,周碧华痛心地发现了丈夫和这个女人的私情。张鞠通以坐堂为主,但碰到病人症状严重不能前来就诊时也会出诊。张鞠通在出诊的时候,偶然结识了这个女人,两人很快就产生了好感,认识不久就发生了肉体关系。周碧华知道,这个女人肚子里怀的孩子十有八九可能就是自己丈夫的。周碧华自己长时间没有身孕,一直治疗就是没有效果。尽管张鞠通从来没有流露过对孩子的渴望,但周碧华是能感受到的。周碧华经过痛苦思考,终于心态平静了下来。她通过几次修改丈夫开的药方,把这个女人的病彻底治好了,足月后女人生下了一个健康的儿子。

周碧华早已受了新思想的熏陶,就主动和张鞠通分了手。

然后,周碧华独当一面在阳都城东关开办了济生堂,把过去为丈夫改药方体会到的用药知识运用到自己的诊疗过程中,不久就成为远近闻名的女医生。

晚年,她出版了《周碧华医案》一书,深刻分析了医生的感情对用药的影响,其中"改方"一章对很多药物的新认识至今仍有重要意义。

汇　通

清朝末年,伴随着传教士的足迹,西医开始传入阳都。开始,当地医生、患者大多对西医不认可,后来尽管看到了西医的长处,但很多人从捍卫国粹中医的角度出发还是坚决抵制。整个阳都城里,就数同善堂的汪以春医术最高,闲暇时候中医医生们会聚集到他这里,针对教会医院发放、张贴的宣传品常常情绪化地抵制。

在这种群情激昂的氛围中,汪以春不太说话,只是不时地往紫砂壶里添加着开水,时常起身为同行们倒茶,然后坐下来皱起眉头好似在思索着什么。

他从小喜欢中医,因热衷阅读医书影响了科举考试成绩,落第后成了闻名一方的医生。说心里话,他对中医的感情同样是很深的,看到西医的进入从感情上也不太容易接受。但他也看到了,西医对很多病症的治疗比中医更有效,所以能比较平和地对待。

在大家的议论声中,突然说起了有位西医也治不好的病人,汪以春平淡地问:“是什么情况?”

知情的人解释说,病人感染病毒,毒气快速往下走,肚脐以下先是浮肿,随即开始溃烂,中医先治但治疗无效后病人才进入了教会医院,可是教会医院现在也无能为力了。

“咱们去看看。”汪以春迅速站了起来。

"怎么？"大家在疑惑中也站了起来，"你能治？"

"去看看再说。"汪以春急着要去，另外的人也都愿意跟着，七八个人就奔教会医院而去。

病人下身溃烂得非常厉害，小肚子上都烂出了五个小孔，一解小便五个孔中同时往外喷尿液，阴囊溃烂了一半多。病人亲属在床边擦眼抹泪，已经彻底失望了。汪以春对他们说："我给治治试试吧。"

教会医院的管理很民主，听说有人愿意治疗这个重症患者，医院不但没有加以干涉，医生们反而好奇地凑上来，看中医到底还有什么办法治。

汪以春提起毛笔开出了黄芪、天花粉、没药、乳香等几味药，让病人坚持服用，说不久就会治好的。教会医院的医生们不明白，但跟随他一起来的中医们很清楚，这么严重的溃烂，不用生肌的外用药，仅凭用黄芪补气就能治好？但他们说得很委婉："汪大夫，这么严重，只用口服药？"

"对！只用口服药就行。"汪以春摆摆手，是毋庸置疑的口吻，"也让他们看看咱们中医是怎么治病的，然后再宣传他们的西医吧。"

由于汪以春名头很大，又加上实在没有别的办法了，病人只好认真服用他开出的药，二十天后身上的漏道、溃烂的皮肤开始慢慢长好了。又经过一段时间的调养，病人就彻底痊愈了。

这件事，中医医生们觉得大长了志气，腰杆都挺得直直的，教会医院对中医的看法也开始有了转变，双方剑拔弩张的局势得到了一定程度的缓解。

汪以春的名声更大了，可随后他的眉头皱得也更厉害了。

原来是他最近接诊了一个少年病号，手足连绵不断地出汗，腹痛,实热,便秘,他诊断得非常准确,就是阳明腑实之症,他很有信心地开出药方。病人服用以后,热下去了,大便也通了,但烦躁的症状并未消失。他通过认真诊断,患者体内有疹子尚没有散出来,最后他运用了教会医院的西药阿司匹林给男孩服下,疹子很快发散出来。这件事把他用补气之药治好溃烂病人带来的喜悦冲刷得干干净净,并引发了他对很多问题的新思考。

他想通了以后就把阳都城的中医们请到了家中,说出了自己运用中药并加上西药才治好的这个病例以及具体体会,然后和颜悦色地说道:"汇通,必须汇通,医道必须汇通!各位同仁,事实证明中西医各有所长各有所短,我们要是和教会医院联合起来,很多病的治疗就不在话下了啊。"

通过多方努力,阳都中西汇通医院终于挂牌营业。汪以春在医院里,一头扎进了探索中西医结合的路途,他在中西医汇通思想基础上,用中医的理论对西医药品认真分析,并结合自己的医疗经验,予以认真解说,制定了很多有效方剂,治好了无数疑难杂症。

这家医院是当时我国成立较早的中西医结合医院,在这里汇聚了阳都的很多中医,更吸引来了多位西医,后来从这里走出了多位高水平的中西医融通人才。

现今,你只要来阳都,就能在最繁华的十字广场上看到汪以春的塑像,走近了塑像底座上刻着的他那著名医学著作《用药参西录》的部分内容就能看得更加清晰。

变　通

　　民国时期，阳都人赵海观从国外学医归来，在南门内开办了一处西医诊所，决心用先进的医疗手段造福桑梓。由于他服务态度热情，治疗效果显著，一时声誉鹊起，远近称誉。前来求医者，络绎不绝。看到自己的能耐和成就，赵海观也颇为自负。

　　这天，诊所内走来了一位中年汉子，只见他神情萎靡，脸色蜡黄，带着一种惊吓之色，走起路来也是磕磕绊绊的样子。

　　赵海观赶紧接诊，这人脱下左边衣袖，声音中带着哭腔："赵大夫，你可得救救俺啊，你看我怎么就长了这么个东西啊——"

　　赵海观一看，这人上臂长了一个疙瘩，竟然有口鼻双眼之全，颇似一张微型人脸。尽管自己喝过洋墨水，但也是头一次见到这种形状的疮疖。他稳稳神，仔细摸捏了一番，做出了判断："就是长了一个奇形怪状的疔瘤，不要紧的，手术切除就行了。"那个时候，病人对于动手术还是有很多顾虑的，总觉得挨一刀不如吃点药好，所以这个病号也是存有犹豫的。赵海观就耐心地给他讲西医的高明之处，痛说喝中药汤是多么的不科学，何况这是很明确的病症，手术切除最简单云云。但病号还是嗫嚅道："有人说这叫人面疮，是前世的冤家债主来找俺报仇……"

　　"标准的荒诞之说，哪里会有什么前世的债主啊！"赵海观安慰他，"手术用麻药，不会觉得疼就切掉了，很快就会好起来的。"

　　他一边说着一边开始准备手术，病人看他说得轻松，紧张的心情也开始慢慢放松下来,用了很短的时间,手术就做完了。

随后,经过一段时间的打针换药,这个人就痊愈了。

可是好景不长,过了不到半年工夫,这个人又找上门来了:"赵大夫,俺这个堎儿怎么又长出来了?"

赵海观一看,果真在他原来的病灶处又复发了。只是这次由于皮肤上有了疤痕,长出来的疮和上次相比,人面的形状不是太清晰罢了,他说:"复发了,继续做手术就是了。"

"这可不行,你上次大包大揽的,这不是让俺白挨了一刀没治好,你还想割俺一刀啊,这回啊俺不干了。"病人的嗓门已经放大了。

赵海观沉吟了一下:"也好,那这次就先吃点药吧。"于是给病人开出了很多消炎类的药,让他回去服用十天后再来复诊。

病人前脚出门,赵海观后脚就关了西医诊所的大门。他知道如果这次治不好这个病,自己的牌子就砸了。于是马上出门,他先去了临沂教会医院请教,回来后继续闭门一头钻入了自己一向鄙视的中医典籍之中。

十天后,他刚开门,这个病号就来复诊了。他让病人坐下,看了一下患者的疮疖部位,好像确实未见多少好转。毕竟是有文化的人,又加上赵海观受过西方思想的教育,这些天中他从古代中医典籍中找到了多个方子,并且经过比较已经选定了一个中医的方子来治疗不愿意接受第二次手术的这个病人。他早已用雷丸三钱研为细末,加入一钱轻粉,一钱白茯苓末,并且将三种药粉掺杂在一起装在了一个容器里。只是这个时候赵海观还没有把握,而骨子里那不愿轻易向中医低头的念头也还很顽固。

"换换药吧。"于是他倒出了早已配好的药,嘱咐道,"回去用清水和匀,然后抹在这个疮上,别忘了明天这个时候你再来拿下

紫桑葚

一包药。"

病人再来的时候,赵海观一看疮面,心中不由一震,身体都控制不住地摇晃了一下。患处已经开始收缩,这是明显有了好转啊。于是再次为他包上早已配好的这几味药,让他回去继续敷用。不久后,病人彻底痊愈。

赵海观回过头来再次审视这几味药,雷丸"得霹雳而生",别名竹苓、雷屎等,是下雷阵雨后生长出来的,多腐生或寄生在很高的山上的竹根和老竹蔸下面,其实就是一种菌类,能去毒、去腐生肌。辛、寒,有毒。他经过化验,就是氯化亚汞。能深入骨髓,起逐邪作用。茯苓,能去水湿之气。他越琢磨越觉得这个药方确实奇妙无穷,能起到神奇的治疗效果也就是必然的了。

从此以后,赵海观睥睨一切的自负神态再也没有出现过,而是随处变通地走入了探讨中西医结合的新路子,终于成为中西医结合的一代大师。

汪一味

汪一春跟着阳都名医裴正浩干活,一直安心于采药和加工药材,有来抓药的他就耐心地称药、包药,很多人说他:"小伙子,跟着名师肯定能有大的出息,好好跟着师傅学啊。"他并不答话,总是安静地笑笑,照样该干啥仍干啥。也有人对着裴正浩说:"你的徒弟很有悟性,今后一定会有大出息啊。"裴正浩习惯性地梗直脖子:"我从来没有收过徒弟,至于以后有没有出息,那是他个

全民微阅读系列

人的事儿，他只是跟着我干活罢了。"人们眨巴几下眼睛，疑惑地离开了。

汪一春逐渐认识了各种药材，并在采药、加工、包药中，对各种药材的药性、用法等有了熟练掌握。但他也看到了西医流行以后，中医面临的严峻形势，裴正浩是名医生活得都很拮据，所以他并不怎么想学习裴正浩的医术。

裴正浩去世后，汪一春回了农村的老家。村人有病就来找他看，都认为他跟着裴正浩这些年，看病应该没有问题。

第一次是一位年轻的女患者，她全身潮热、出汗、绕脐痛，几天不大便，有毒热内盛的症候，又有腹部的实证表现，于是汪一春诊断为阳明腑实之证，开出大承气汤让她服用。可是两服药用过之后，病人一点也没有减轻，药方中的大黄是泻下的，服用后不但没有泻下的动静，反而增加了胁下疼症状。汪一春一下子慌了，应该绝对没有错啊，这是怎么回事呢？但他表面上还是非常沉静，在望闻问切一番后，终于想出了祛内热的对策，在药方中加上了"威灵仙三钱"，病人煎服后才泻下去了。经过一段时间治疗，病人先是外感伤寒解掉，最后痊愈。

从这里，他对中医的理解更深了一步，有时候一味药竟然就能起到关键作用，学医不能机械地学，主要应该学习思路啊。后来，这位女子经人介绍，成了他的妻子。私下里，他说起那次治病的感悟，妻子跟他说："要是一味药就能治好病，那该多好啊。"汪一春一边安心种地，一边专心展开了对一味药治病的钻研。不久以后，他就不再给人开药方了，有人来找他看病他就免费告诉人家一个单味药方，让他们自己去拿药吃。渐渐地，汪一春的名声越来越大起来，有人管他叫"汪一味"了。

邻村有一少妇，结婚后不怀孕，来找他诊治。女人体质很弱，月经越来越少，每次只是一点点就结束了。汪一春让女人回去，买点当归熬水喝。喝了一段时间，女人的月经就恢复了，体质也逐渐好了起来。两年后，还生下了一个大胖小子。这个女人到处说汪一春的好话，对他感激得不得了，有时也拿点自家地里产的农产品上门表示感谢。

少妇的儿子七岁时，和几个孩子在河滩里打闹。几个孩童把他胳膊往后绑着，硬把他脑袋塞进裤腰，搞一个叫做"头顶裤"的恶作剧游戏。孩子们解开裤带的时候发现男孩已经昏死过去，吓得"嗷嗷"叫着跑散了。少妇赶过来，看到儿子气息全无，吓得一边哭着一边捶打孩子的后背。男孩慢慢恢复过来后，这个女人还是不太放心，想起汪一春的医术，于是背着孩子来到了汪一春家里。汪一春把了一下孩子的脉搏，安慰她："没有大问题了，但还需买点三七，碾成粉末，让他冲服下去就行了。"看到少妇磨磨蹭蹭地不走，他又嘱咐一下，"赶紧去买三七，赶紧服用，越早越好。"少妇还想多在这里待一会儿，就说："没大问题了还这么急干吗？"汪一春心里咯噔一下，马上严肃起来："你抓紧去吧，晚了孩子还会出事的，就是孩子再昏过去你也别慌，赶紧往嘴里冲三七粉就行了。"

少妇一听，慌忙离去。在路上，果然如汪一春说的那样，男孩突然眼睛向上一翻，身子一下挺直，气息又断了。好在汪一春早和她说了这种情况，她跑回家中，把三七研粉给孩子灌服下去，不一会儿孩子就悠悠醒来。又服了几次，才彻底好了。

少妇对汪一春更加佩服，几天后再次上门。汪一春告诉她："孩子的大脑微细血管当时有破裂，三七有化瘀和止血的双向调节作用，所以我给你想了这么个办法。"

少妇告辞以后，妻子走出来，对他"嗤嗤"地笑："那女人眼直直地看着你，你可要把握住自己啊。"

汪一春怔了一下，然后慢慢说道："呵呵，把心放在肚子里吧。汪一味，汪一味，用药只认一味，媳妇也是只认一味啊。"

王无咎

王无咎，字淳白。民国初年，阳都的风气逐渐开化，一些西医诊所开办以后疗效显著，那种看不起中医的风气很快盛行起来。面对这种局面，一些中医沉不住气了，开始怨天尤人，发表一些极端的言论。王无咎面带微笑，捻着长长的胡须，细声慢语地说："西医讲究科学，治病的效果也摆在那里，为什么不服气人家呢？"

有人还是很不平地说："那我们以后还有出路吗？"

王无咎摆一下手："路，什么时候都有，关键看你怎么去走。"

同为阳都人的潘洪是从日本东京大学留学归来的，他立志报效家乡父老，主动放弃留在大城市发展的机会，回到阳都开办西医堂，治好了当地很多百姓的疾病。他年轻气盛，傲气十足，对中医时常出言不逊："那个玩意儿说穿了就是糊弄人的，草草叶叶就能治病？再说了谁能说清楚那里面含有什么成分和哪种成分能治病？含量又分别是多少呢？人命关天的事儿得讲究科学，得由赛先生说了算。赛先生懂不懂？科学啊。"

潘洪的名气越来越大，找他治病的人越来越多。但他也有治疗无效的病症，有一患者发烧、脑袋肿、下体溃烂、神志不清说胡话,潘洪治疗十多天后效果不佳,束手无策了。这种情况传得很快,一些中医医生们都等着看热闹。

病急乱投医,患者亲属几乎找遍了阳都城的医生,医生们都搪塞一下,把他应付走。这天患者亲人跑到了王无咎的门上,哭诉道:"王大夫啊,你说怎么办啊?"

王无咎慢慢捋着胡须沉思着,很久后把一绺黑白相间的长髯往右侧一掀,站了起来,轻声问道:"什么情况啊?"

听完陈述,他明白患者是感染了时邪之毒。热邪深陷,且不断上行下走。病人还在西医堂住着,这时插手有很多忌讳,论说王无咎是不应该管的。但王无咎知道,要是不抓紧治疗,病人就有生命危险了。他就诚心诚意地和患者亲属商量:"潘洪医生医术高明,这个病肯定能治好的,我看继续在那里住着治疗,"说着,拍了拍这人的肩膀,郑重地嘱咐,"我给开点药,熬点水让病人喝一下,就当茶水喝吧。不过,你可不能和任何人说这个事儿。"

患者家属也知道这种情况不能乱说,就使劲点了一下头。

于是王无咎开出了生石膏煎水的方子,嘱咐道:"喝前你给摸一下脉,第二天再摸一下脉,告诉我都是什么样子。"

病人家属第二天又来了:"我回去摸脉的时候跳得很厉害,今天跳得轻一些了,好像身上的热也退了一些,可就是还说胡话。"

王无咎也很高兴:"怎么样,我说继续住下去慢慢就会好的吧。"然后,又捻了一会儿长胡须,"这样,我再给你开上一剂药,熬水的时候加上可能会更好一些。"随即递上一包党参,"20天以后,病人应该就差不多好了。"

潘洪看着患者渐渐好转,悬着的一颗心也终于放了下来。

病人痊愈办理出院手续的时候，无意中说了一句："多亏了王大夫啊。"潘洪一惊："什么？王大夫？"找王无咎拿药的那人脸一红："不，不，不，不是，那个……"潘洪的头高高抬了起来，生气地说道："到底怎么回事儿？不说明白，你办理不了出院手续！"

由于答应过王无咎，患者亲属为难地嗫嚅着。患者倒是不在乎："就是不见效的时候去找王无咎大夫开过中药，从那以后才慢慢好起来的。"患者亲属赶紧解释："当时也是急了，就是很简单的一点药水，王大夫说潘大夫医术高明肯定能治好的，劝我们相信你继续住下去，这个病治好了，主要是你的功劳啊，潘大夫。"

潘洪怔住了，半天后又摆摆手："你们出院吧。"

从这以后，人们发现，潘洪那时常高高抬着的下巴低了下去，闲暇的时候会陷入沉思之中。

不久，潘洪登门拜访了王无咎，这以后他再也没有发表过对中医的轻薄言论，反而拿起了有关中医的书籍。

几年后，王无咎由于年事已高，又加上身体衰弱，就很少给人看病了。一旦有患者上门，他总是介绍他们去找潘洪医生："他的路子走得对啊，中西结合，疗效显著。"

后来，潘洪成了一代中西医结合的大师。

王无咎去世后，人们发现每逢王无咎忌日的时候，坟头上总会出现一束鲜花，那是潘洪医生放上去的。

金针张

　　金针张是阳都中医界著名的眼科医生，他擅长用金针向外挑拨眼睛上长的各种障翳，让人重见光明。

　　金针拨障疗法最早见于唐代王焘的《外台秘要》一书中，到了清代初期著名眼科医生张倬那里，才总结他自己的治疗经验，在《金针开内障论》中对金针拨障疗法进行了详细论述。金针张对本家先辈张倬非常佩服，多年来认真钻研这一技艺，达到了青出于蓝胜于蓝的境地。后来，几乎没有人叫他的本名了，皆以金针张称之。

　　要做好拨障手术，关键在金针和经验的结合上。金针张用的针都是自己亲手制作的，他选用上赤不脆金，先抽成三寸金丝敲打成针形，再用小光铁锤在镦上慢慢磋。制成的针，不能太细，不能裂，否则使用时断入目中，那就麻烦了。他把针锋用木贼草擦圆锐，再用羊肝石磨滑泽，最后挑选不滑手的中空慈竹作针柄。这样制成的金针，坚柔适度，穿肤、入目不痛。

　　李大脚是阳都西南土匪张老七的母亲，她想到当年领着儿子讨饭的经历，看到当下儿子的所作所为，在没有人的时候就唉声叹气。障翳是本虚邪入、肝气冲上郁结而成的，李大脚忧愁不断，眼睛慢慢被翳障遮住，几近失明了。

　　张老七一般听不进别人的话，但对娘的孝顺还是很不错的，看到母亲眼疾严重，他心急如焚。可老太太非常倔强坚决拒绝治疗，逼急了老太太就说："我看着你弄的红窑（土匪黑话：烧房子）、请的客（绑票）就心惊肉跳，还是眼不见为净吧。你改了，我就去治眼，不的话门儿也没有。"张老七低下头，沉默了半天："娘啊，孩儿也想有个安稳日子，可我率性而为快三十年，停不下来了啊……我的事事儿太多了……别说了，咱去治眼吧？我最近打听到，阳都那里有个金针张很会治，感觉不到疼就能治好。"李大脚还是使劲地摇了摇头。

张老七哄着老太太，把她抬到了金针张的诊所里。他小心地搀扶着老太太从轿子里出来，由于张老七早就对金针张了解透彻，就热情主动地招呼着："张大夫，俺娘的眼看不见了，求你给治治。花多少钱都无所谓，只要治好就行。"金针张抬眼一看，来人尽管矮胖，但处处显得大模大样，不是一般人物，但也对他这种居高临下的口吻产生了一丝反感。

老太太神情沉稳："蛋（张老七小名）啊，眼不见心不烦，我说不治就是不治，你就让娘了了这个心愿吧。"

金针张头一次见到病人拒绝治疗，心下倒越是技痒了，就热情地说："我先看一下吧。"

老太太倒是还配合。但金针张刚放下扒开的眼皮，她就又要回家了。金针张热情地解释说："眼珠上长了一层薄皮，用针挑出来就行了，不疼的。"

老太太已起身向外转去，矮胖的儿子向金针张拱拱手，赶紧跟上去把母亲扶上轿子，安顿一番后又返回来："张大夫，你说怎么办？"

"在眼睛上动刀动针可不是小事儿，病人不很好配合是做不成的，老人家为什么不愿意治疗呢？"金针张疑惑道。

"唉——"张老七摆摆手，"过段时间我再陪俺娘来，这病等等也不碍事儿吧?"

金针张说:"治这个毛病要想效果好,一定要等内障成熟才行,现在病灶还不成熟,再等等到明年春天比较好一些,你回去也再和老太太合计合计,到时候拔去障翳就什么都能看见了。"

张老七走后不久,人们就传开了前些年他曾来阳都掳掠过的事情。金针张这才明白了老太太说的"眼不见心不烦"是什么意思了,心中对老太太反而生出一种好感来。

不久,到处盛传张老七这股土匪被歼灭了。随后,金针张从报纸上也看到了确切消息。他总想,那老太太怎么样了呢?

转过年去,桃花盛开的时候,金针张嘱咐徒弟们看好门,收拾起工具就专程寻找张老七的母亲李大脚去了。他想用自己亲手制作的金针为心存善念的老太太把眼中的障翳给拔除了。但经多方打听,人们都说在张老七死后已不知道张母下落了。

金针张甚是怅然地回到了阳都,后来总是打听李大脚的情况,但一直没有消息……

闲暇时,金针张会慢慢捻动着手中的金针,很长时间都不停下来……

怪 医

阳都这里是诸葛亮的出生地,史籍中有"阳都飞石""阳都仙女"等的记载,现实中神奇的事情也很多。就是当代,境内也时常会出现一些行为怪诞的奇异人物,眼科医生高捷就是其中一个颇有名气的一个人。

高捷,字胜欲,早年就专攻眼科,而立之年就成为一代名医。

他行为怪异,患者任何时候上门,都见他在喝酒,桌子上摆着四个还没有手掌大的小碟子:一碟虾皮、一碟花生米、一碟豆豉、一碟腐乳,桌前一个仅有指甲盖大小的酒盅摆在那里,半天时间他才端起酒盅"吱儿——"喝上一杯,来人赶紧过去给他倒满酒,他又不喝了,但也不说话。

一天,本县30多里外的一对夫妻来到门前,丈夫从小推车上扶下自己的妻子来。在诊所里,他足足为高捷倒了一上午酒,高捷也没有开口说句话。看着日头已经过晌了,女患者终于忍不住了,往前走上一步:"高大夫,您别喝了,给俺看看眼吧。"高捷冷冰冰地说:"你这眼不用看了,回去吧。"赔着小心伺候了他大半天的丈夫也请求道:"高大夫,行行好,说什么你也得给孩子他娘看看。"高捷把桌子一拍,小酒盅跳了几跳,碟子碰撞了几声,他才恶声恶气地说:"这眼没治了,上哪里都没治了,很快就会彻底瞎了。还磨蹭什么?赶紧走,走,走。"男人唉声叹气,女人大哭不止,高捷却再也不理他们了。

往回走的那三十多里路上,女人不停地哭着。回到家里也是不吃不喝,从天明哭到天黑,从天黑哭到天明。几天后,女人的眼疾竟然慢慢好转,最后一分钱也没用花,不到十天工夫彻底好了。

沂水人武善启患眼疾一大早来找高捷求治,也是战战兢兢地赔着小心为他倒了大半上午酒,看到高捷提起毛笔开始开处方了,悬着的心才终于放了下来。高捷很快地在纸上开出了十二味药,可是没有写上用量就又停了下来,过半天端起一小盅酒来"吱儿——"喝下去,然后拿起笔来在一味药后写上用量,过半天再把武善启倒上的酒"吱儿——"喝下去,再慢腾腾在一味药后写上用量，十二盅酒喝过以后，武善启才拿到了药方。回去的路上，武善启觉得这来之不易的药方肯定能治好自己的眼病了，过会儿就拿出来看一眼，过会儿就拿出来看一眼。过沂河的时候他一边脱袜子一边又掏出来看，一不小心处方掉入水中，他赶忙顺着河水追去，一把抓起来的时候药方已经被河水浸透并且破碎不堪了。他坐在河边呆痴了半天，又无精打采地回到了高捷的诊所。听完他断断续续的陈述，高捷抬头看看外面，太阳已经开始西沉。他略一沉吟，缓慢说道："我家大门口外靠西墙有一堆青石，你去捡块大的平整的搬过来。"武善启尽管一头雾水，还是去找来了一大块青石板。高捷一看就笑了："好，好，好。"武善启又要拿起酒壶给他倒酒，高捷摆摆手，然后提起笔来，挥毫泼墨，把药方写在了青石上，然后笑着说："背回去吧，这回没事儿了，就是刮一场大旋风也吹不跑了。多出点汗，或许会好得更快一些。"武善启听话地背上有处方的石头，就不敢走近路过沂河了，而是绕道山路多走了十多里路。回到家中，第二天就照着上面的方子去抓药，几天后眼睛就痊愈了。

蒙阴人公方彬也来找高捷看眼，进门就说自己的眼睛如何肿疼，过了半天才想起来还没有正经和高大夫打个招呼呢，这才说："高大夫，求求你了，说什么也得帮我把眼睛治好啊。"高捷还是不说话，只是拿眼睛一动不动地注视着他。一会儿就把公方彬瞧毛了，浑身扭动起来。高捷指指自己眼前的小酒盅："喝上一盅。"公方彬看了一眼，心里感到好笑，就那么一个小盅，还让别人喝啥呢？于是摆摆手："高大夫，我滴酒不沾的。""哦——好！"高捷自己端起小盅酒来"吱儿——"喝下去，"斟酒啊。"公方彬赶紧上前小心地给他把小盅倒满，又退到一边等着了。几次以后，高捷看到他终于安静了下来，方开口道："治你这眼病，我给开一个最有效的方子，回去只要喝酒就辣椒就行了。"公方彬一下愣住了："这……"看高捷再也不理他，只好回去逼着自己开始喝酒吃辣椒。几天后眼睛肿成了一个铃铛。他心里害怕极了，又跑来了："高大夫，你看……"高捷挥挥手，"去，去，去。回来干什么，还肿得不够！回去吧，过几天就好了。"公方彬回家后，继续喝酒吃辣椒。过了十几天，果然彻底痊愈了。

对这些事情，有人说是高捷医术高明的表现。但有的病人却不承认，说眼病完全是自己好的。不管别人说什么，高捷从来理都不理……

裴正浩的辫子

裴正浩用散肿溃坚汤给田中一郎的孩子治好了脖子里的疙瘩，田中一郎对中医有了更深的认识。他后来听一些日本医生说若用西医治疗只能做手术把这些疙瘩切除，脖子里会留下一些疤痕影响美观。所以，田中一郎对裴正浩佩服得五体投地，不自觉地就随时会对手下的人由衷赞叹一番。

裴正浩很有些特别，剪辫子已经过去了几十年，大多中国男人都不再留辫子了，可他还是留着那根清朝遗民标志的辫子。头顶上扣着一顶瓜皮小帽，细细的辫子在脑后轻盈地甩动着，总会惹得别人多看他几眼。

田中一郎病了，发热，但并不出汗，大便不通三四日，夜晚不能安卧，越休息不好症状越严重，当时日本军医开的西药效果不理想,而请来的阳都医生各说各的道理治疗一番也不见效。

手下人早就想到了裴正浩,但一想起裴医生给孩子治病时梗着脖子说的永远不会给田中一郎治病的话,就都不敢提这个话题了。但裴正浩的小辫子却一直在田中一郎的眼前晃动着,他不自觉地嘟哝着:"裴正浩,裴正浩……"

这时,手下人就一致说赶快去请裴正浩医生过来。田中一郎神智有些模糊,但听到了他们说去请裴正浩的话,头脑就清醒了过来,他赶紧制止:"不,不,不要去,我不用他看病。"看到他严厉的样子,这个话题谁也不敢再说,只好伺候着田中一郎继续服用退烧消炎的西药。

但治疗效果不好,几天过后虽说没有加重症状,但也没有大的好转。手下人觉得这样下去不是办法,就又想起了裴正浩来。于是经过一番私下商量,派了几个人去请裴正浩。

裴正浩一看,又是日军驻扎阳都指挥部里雇佣的那些中国人,就不客气地说:"只要是给日本军人看病,你们就免开尊口。我给他们治好了病,让他们再有力气和中国军队打仗啊?那我不也成了汉奸?"几句话,说得这些人红了脸,低下了头。陪同来的一个日本人听不懂他说的这些话,就拉动了几下枪栓,枪口顶着裴正浩,呜里哇啦了一番,逼着裴正浩去看病。

最终,在这些人的裹挟下,裴正浩被连拉带拽地弄到了田中一郎的病床前。周围的人松开他,他先挺了挺上身,扶正被弄歪的瓜皮小帽,脖子直直地梗了起来,轻蔑地看了一眼躺在床上的田中一郎,头扭向另一边,细细的小辫子甩向了他。

翻译官是个有学问的人,非常有礼貌地走上前来,请裴正浩桌前去坐,并捧上了一杯热茶,裴正浩继续直直地站着并不领情,翻译官笑了笑:"裴医生,你是医生。医学无国界,医生的职责就是治病救人,病人在眼前你却不援手相救,你还是一个称职的医生吗?"

裴正浩鼻子里"嗤"一声,再次甩了一下后脑勺上的小辫:"医学无国界,但医生有自己的国家,我永远也不会救治屠杀中国人的日本军人,这是我的原则,谁也改变不了。"

田中一郎的副官听不下去了:"拉出去死了死了的!"

几个日本兵往外拉扯裴正浩的时候,田中一郎清醒过来,挣扎着坐起来:"不用裴医生治疗,我的病就用我们大日本帝国的医生给我治,这关系到大日本帝国的尊严,也关系到我的民族自尊心,请你们尊重裴医生,也尊重我。"

田中一郎喘了几口气,又缓缓地开口说道:"我,敬重裴医生这样的人。请你们谁也不许难为裴大夫,马上放他回去。我需要服用大日本帝国军医给我开的药。"他抬起手来,指了几下门外,"裴医生,你回去吧。"然后脖子使劲一弯低下头,真诚地表示了对裴正浩的敬重。

裴正浩脊背挺得绷直,小辫子一甩,转过身去,稳稳地向门外走去。

田中一郎吃了很多西药,过了很长一段时间,才好了起来。大半年后,日军逃离阳都。田中一郎在快逃到海边的时候被中国军队捉获,后因罪大恶极被判处绞刑。

后来,有人问裴正浩田中一郎当时患的到底是什么病,裴正浩小辫子甩动了几下:"面临失败,郁气积存,致使胃中有燥矢,服用小承气汤,排下几十粒燥矢后应该就会好起来的。"

得知田中一郎的结局后,裴正浩突然又想起了田中一郎放自己走时,他一甩小辫子挺直脊背向门外走的情景……

张　霖

张霖,字师愚,阳都人,精心研读历代医书十余年,自信医术可以了才开始行医。可是毕竟新手出道,很多人并不相信他,所以门前冷落,有时候几天都不见病人上门。他倒不紧不慢的,整天抱着医书,阅读、沉吟、思考……

"民国"二十三年二月初四这天天气奇冷,有人来请他出诊,患者就在城里,但由于病重已经起不了床。张霖放下正在阅读的《千金方》,冒着严寒上门一看,病人三十多岁,全身水肿,肚子鼓胀,里面已经存了很多水,外边青筋隆起,嘴角有血丝,看不见听不着,眼睛耳朵已经无用了。

张霖一边评脉一边思考,病人最大的特征是脾阳虚,脾属土,病人浮肿严重,应考虑先通水。于是他给包了几味药,让患者家人到街上买条大鲤鱼,鱼鳞内脏都保留,加上葱姜各一斤,再把这几味药加上,熬成后让病人喝汤代替饮水。

这个方法很有效,第二天病人耳朵已能听见,眼睛也能看见东西,神气也清爽了一些。

患者家人很高兴,已嚷嚷得很多人都知道了,以前为这病人治过病的医生也都来了。

张霖再来时,心中不禁一紧,但随即就平静了下来。他认真看了看,病人虽说有好转了,但肿胀的症状却没有什么变化。他略一沉吟,又开始为病人开处方了。

几位在场的医生慢慢围了过来,他的毛笔刚在纸上写了一会儿,旁边的医生就不约而同地轻声说:"麻黄附子甘草汤啊。"看不起他的人就笑道:"稀松平常啊。"有一为人忠厚老实的王医生甚至扯了扯他的衣袖:"这药我为他用过,不管用的。"其他几个医生发出了讥笑声。

张霖觉得不能保持沉默了,更主要的是他充满自信,于是抬起头来慢慢地说:"你用无效,但我用就有效了。"

王医生疑惑道:"难道这些无知的草木,单单只是听你的号令?"

张霖抬起头:"大概你是这样用的吧,麻黄八分,附子一钱,甘草一钱二分。随后再用八味地黄丸,仍无效。所以就不给治疗了。"

王医生频频点头:"是的,是的。"

张霖不说话了,把毛笔又蘸了蘸墨,开出了麻黄二两,附子一两六钱,甘草一两二钱的处方。

"啊——"在场的所有医生,先是惊呼,随即摇头,"错了,错了。"

张霖轻轻颔首:"没错,没错。"

也怨不得,这处方麻黄用量太大了。麻黄,别名龙沙、卑相等,味辛,有利水消肿的作用。可是用到二两,听也没听说过。

"胡闹,胡闹,简直胡闹!"除了王医生之外,其他人都纷纷离去了。

张霖声音平稳地嘱咐道:"熬成汤,一点点喝,病人什么时候出汗了,就差不多了。"

由于张霖的治疗已经见效,病人及其家人都毫不迟疑地用了这服药。

王医生也对张林的治疗方法将信将疑,又充满好奇,所以就一直关注着这个病人的情况。几天后,病人并没有出汗,更谈不上有好转。但张霖并不着急,他知道这是病得太重了,只能慢慢调理。所以又开出了张仲景的"桂枝汤",并让病人坚持喝点粥提助胃气,以便祛除外邪。

又过了几天,病人的眉毛以上开始出汗了,张霖才暗暗地长出了一口气。不久,眼皮出汗,继而终于全身出汗了。

这时候,张霖安排病人家属:"抓紧找几个大盆来,今天晚上病人就会排小便了。"

这时候,病人和家人不约而同地问道:"三盆子怎么样?几个?"

三盆子,是阳都特产陶制套盆中的中型大盆。在一边的王医生有些疑惑,难道真能尿出来这么多? 但张霖点头:"差不多,就买三个吧。"

果然,病人从这天半夜子时开始排小便,等第二天张霖到来时,提前来到的王医生兴奋地说:"真尿了整整三大盆啊。"

张霖来到病床前,看到病人尽管还是很虚弱,但肿胀终于消失了,身上就像豆皮一样,肚子也成了一个空口袋。

他为病人开出温补脾阳的药,让病人继续服用,不久后就彻底痊愈了。

因为这个病例的成功治疗,张霖才得以立万扬名,终于成为一代名医。

当时,当着病人的面,王医生彻底佩服道:"张大夫,真乃神医!"

张霖摆摆手:"古人说得好啊,'夫用药之道,贵因时、因地、因人,活泼斟酌,以胜病为主,不可拘于成见也',只有好好琢磨它们,它们才会为我所用啊。"

看着张霖挺得笔直离去的身影,王医生站立了很久……

规　矩

孙子出门后,外地患者来到了杨荣臻这里。

杨荣臻是治疗人面疮的著名医生,名声很大。随着年龄的增长,脾气也越来越大,规矩也越来越多。患者上门求治,必须有耐心,否则就会被他赶走,贻误治疗,后悔不及。没有办法,谁叫人家能耐大,只能按照他的规矩办。

尤其是人面疮这种病,一旦长上就让人吓得心惊肉跳,你想想无缘无故地身上突然长出一张惟妙惟肖的人脸来,虽无头发须眉,但有口鼻双眼,岂非咄咄怪事。更主要的是,此疮越挠越栩栩如生,越挠越痒奇痛无比,也太可怕了,太难受了。

外地慕名来的这位患者,只知道杨荣臻是治疗人面疮的高手,却没注意了解他的一系列规矩,进门后就急火火地说:"俺那皇天神啊,你说说俺怎么得了这么个病呢?"杨荣臻的诊所在半山腰里,是三间草房最东边那一间,门口双扇半门子紧闭,老式窗户把光线隔离成竖条状,室内显得有些暗。患者并没有看到医生在哪里,贸然说完这几句话后没有听到动静,才开始四下打量起来。眼睛慢慢地适应了后,才看清坐在案桌后面连眼皮也没有抬一下的杨荣臻杨大夫。

来人心中咯噔一下,倒吸了一口气,这肯定是哪里有不对的地方,于是赶紧安静下来,站在那儿不说话了。只见杨荣臻静静地端坐在那里,眼皮耷拉着,身子若往前倾了一些,就再慢慢抬回来。案桌的一个角上有一把紫砂茶壶,旁边有一个山楂大小的茶盏,里面并没有茶水。患者突然看见杨荣臻伸出瘦骨嶙峋的两个手指捏起小小的茶盏送到了嘴边,觉着没喝到水才略微用了点力放回了原处,这点动静让屋子里才好似有了些生气。患者始而觉得好笑,继而突然明白了,于是走上前去,拿起茶壶给杨大夫倒茶。但茶盏太小了,一不小心茶水已经溢了出来。他很不好意思,赶紧手忙脚乱地擦拭后,又向后退了一点继续站在了那里。

过了一会儿,杨荣臻又捏起小小的茶盏,先轻轻啜一小口,然后闭上眼睛慢慢品味,很陶醉的样子。

患者不敢冒犯他,只好不说话继续慢慢等着。喝这一小盏茶,杨荣臻用了不下吃一顿饭的工夫。等他一放下茶盏,患者又轻轻跨前一步,小心地为他倒上了茶水。

时间接近中午了,杨荣臻才终于开口,声音轻飘飘地问道:"怎么了?"

患者赶紧上前,但杨荣臻伸出手来,示意他往后退。他只好慢慢地退着,直退到了门口,杨荣臻的手臂才落了下去,他也才停下来。

"说吧。"杨荣臻拿起一个小小的手电筒,照了过来。患者赶紧卷起裤腿角,指着患处说道:"这个地方长了一个奇怪的疮……"手电的光线晃荡了过来,在疮面上一掠而过,然后杨荣臻又不说话了。患者一动也不敢动,就这样继续站在那里等着。

半天过后,看到杨荣臻又端起了空茶盏,患者这次长了心眼赶紧上前拿起茶壶给他倒上,让他慢慢用着。

杨荣臻终于再次开口了:"这是个奇病啊,用刀去割立马就死。有的还要吃东西,有的还能开口呼叫人名。东汉时候有个大将纪昌就得过这个毛病,是用龙目作引子才治好的。"

听到杨大夫说话了,患者也终于慢慢放松下来:"俺那皇天神,世上哪里有龙目啊。"

杨荣臻摆摆手,慢腾腾拿出一个药瓶,从里面倒出一些药末:"回去用这个抹这个疮,一天两次。要是你看见它出现笑模样就多抹几次,直到让它变得愁眉苦脸才行。同时使劲吃黑豆,不要放盐,煮熟后每顿半斤,一个月以后再来。"

患者再次为杨荣臻递上茶水后,才告辞了。在山脚下,他迎面碰见了一个热情的年轻人:"你是不是去找我爷爷看病啦?"患者点点头,说了具体情况。这个年轻人笑道:"别说不放盐,就是放上各种调味品,一顿吃半斤黑豆都是很难的,我另给你开个方子回去用吧,也能治好你的病。"患者心中有些疑虑:"能行?"年轻人道:"行不行只有试试才知道啊。"

患者回去吃了几天黑豆就吃不下去了,看到病情没有发展但也没有大的好转,这时就又开始用那个年轻人开的药方。连吃带抹,十几天的时间就彻底痊愈了。

一个月后,杨荣臻没有见到这个患者再上门,知道又是孙子做了手脚,他把孙子叫来,语重心长地说:"没有神秘感和神圣感的治疗是会毁掉中医的,你懂不懂?"

孙子大声抗辩道:"不对爷爷,中医只有走上科学化的轨道才更有出路,医学关系到人的生命当然越科学越好,治疗效果越快越好。"

杨荣臻的心一沉,轻轻叹出一口气,慢慢端起了那只山楂大小的茶盏……

算　命

　　高宝锷，字剑华，号少千，阳都人氏，精研太素脉。

　　太素这个词是很古老的，《列子·天瑞》中说："太素者，质之始也。"太素脉兴起于宋代嘉祐年间，精通者不但通过评脉能诊病，更神奇的是能知人贵贱祸福。说诊父之脉而能道其子吉凶在古代就有人不信，但王安石曾经举医和的例子，"昔医和诊晋侯而知其良臣将死……何足怪哉？"明代青城山人张太素，在前人的基础上加以归纳总结，整理出了一本《太素脉秘诀》，连《四库全书总目》也收录了："《太素脉法》一卷……其书以诊脉辨人贵贱吉凶。"

　　高宝锷对太素脉把人的脉象变化归纳为五阳脉、五阴脉、四营脉等深有研究，并在实践中做到了精、气、神合一，能进行点、线、面、体综合诊断。

　　患者刘科有一次右上腹闷胀不适，白天并没有太当回事，但到了夜间刚躺下不久就疼得受不了，只好来到高宝锷诊所叫开门求诊。

　　高宝锷对患者一向接诊热情，迎到门口扶着他在诊案前坐下，然后绕回自己的座位上，三个瘦长指头搭在刘科的手腕上。过了一会儿，高宝锷开口说道："不要紧，回去用核桃拌芝麻油，经常吃点，就会好的。"刘科吓得一哆嗦，嗫嚅道："好像就是今天下午吃了点有油水的饭食才疼得厉害了，再吃这么多油？"高宝锷安慰他：“油腻食物平时你不想吃就和这个毛病有关，但你这里面长了一块小石头，这样治疗简单又不痛苦，很快就会排泄下来的。”

刘科听说自己肚子里长了一块石头很是害怕，就问："多大啊？要紧吗？"

高宝锷在纸上画出形状和大小，说："也就是米粒大小，颜色黄黄的，中上腹不疼了的时候，注意一下排泄物就能看到的。你这不是什么大毛病，不要紧的。人体内所有管道都应该是畅通的，现在石头堵住了你胆管的通道，采取通中的方法，很快就会治好的。"

刘科回去以后按照他说的方法治疗，不久后果然排泄出来了那块胆道结石，同高宝锷画出形状的纸上一对比，形状、大小完全一致，石头的颜色也和高宝锷说的分毫不差。

刘科很是佩服，跑到诊所来和高宝锷医生说明情况，并表达了真诚的感谢之意。临走前，忍不住问道："高大夫，这块石头什么模样你怎么说得那么准啊，你像看到了一样。"

高宝锷对他解释，人的身体状况和脉象是对应的，尤其得了病的时候，一个病点会对应一种脉象，太素脉法通过诊断脉形能对病人的病点好像扫描一样进行准确判断，只要对症下药，有针对性地治疗，很快就会治好的。

病好了以后，病人就很少再上医生的门了，所以刘科和高宝锷平时没有再见过面。但他对高宝锷的医术佩服得五体投地，以后只要他认识的人有了毛病，他就会不遗余力地介绍他们到高宝锷那里去诊治。不久后，患者见了他，总是对他表达感激之意，热情地说多亏了他给介绍了一个好医生。

几年以后，刘科第二次来到了高宝锷的中医诊所，这次没有什么感觉但是肚子胀大，好像变成了一个孕妇。高宝锷又是用三根指头通过太素脉法对他进行了诊断："这次是里面长了一个瘤子，就像个小西瓜似的，有十斤沉了，你得去西医那里挨一刀子。病灶已经太大了，我用中医治疗太慢，效果也不会好。病不要紧的，做个手术就会好的。"刘科做完手术刚痊愈就又来到了高宝锷这里："高大夫，你太厉害了，割出来的瘤子正好十斤啊。"

后来，高宝锷一直后悔这次自己多言了，让刘科陷入了比身体疾病更加严重的心理疾病，且自己再也无能为力。

当时听着刘科一句句对自己的赞扬，高宝锷对太素脉就多说了几句："太素脉不但能治病，还能知人贵贱祸福和子孙后代的情况呢。"

"真的啊！我也就这样不会有太大的出息了，那你得给我看看孩子们的情况。"刘科说着捋起衣袖，把手腕放在了脉枕上。

高宝锷一时技痒，三个手指按着寸关尺的位置，调整了一下气息，凝神一会儿后开口了："你有两个闺女，有两个儿子，可惜一个不长命，命中注定就是一个儿子啊。"

"不对，"刘科立即嚷道，"我有三个儿子，有一个早折了是对的，但现在我有两个儿子啊。"

高宝锷顺着自己的思路继续往下说："你是故意别扭我，绝对是两个。"

"绝对三个！"刘科也说得一点不含糊。

"那是怎么一回事儿啊？"高宝锷再次调整自己的呼吸，更加认真地诊起脉来。最后还是口气肯定地说，"绝对错不了，就是两个儿子，折了一个。再有，就不是你的儿子了。"

刘科回到家中，越看自己的另一个儿子就越像本村一个男人的模样，怀疑自己另一个儿子是老婆不守妇道和别人生的。于是夫妻开始吵架不断,有时还下手很重地互相厮打。这个儿子的身份问题,成了刘科永远的心病,让他痛苦了一辈子。

听说了刘科的家庭情况后,高宝锷后悔得肠子都青了,无人的时候狠扇了自己两个耳光:"你说我这是多的什么嘴啊。"

此后,高宝锷只用太素脉诊病,再也没有用来为人算命。

改　诗

接近阳都故城的时候,乾隆与迎面走来的一位六十多岁的老太太碰了个正对面。冷风中,老人右手提着几服用草纸包着的中药,左手不停地擦眼抹泪。乾隆停下脚步,和她热情地招呼上了。

这时刚进入乾隆十六年(1715年)二月,他南巡江浙途经沂州驻跸兰山县黄梅岩,这里往东北不远处就是诸葛亮的家乡琅琊阳都旧址,知道皇帝多次称赞过诸葛亮的山东抚臣,就奏请皇帝为明朝嘉靖年间沂州城修建的供奉着诸葛亮等五人先叫"忠孝祠"继而改名为"景贤祠"的祠堂题词,于是乾隆高兴地题了祠匾"千秋五贤",并赐七言诗一首:"孝能竭力王祥览,忠以捐躯颜杲真。所遇由来殊出处,端推诸葛是全人。"随后,"景贤祠"就又更名为"五贤祠"了。

乾隆喜欢微服私访,山东抚臣的奏请行为又激起了他到历史上的阳都城去看一看的欲望,于是打扮化妆一番就前往了。

经过简单交谈,乾隆得知老太太是在为自己的儿子患病而难过。她的儿子左侧小腿上长出了一个奇怪的毒疮,形状酷似人脸,有鼻子、有眼睛、有嘴,奇痛无比,儿子在家不停地呻吟着。老太太用哭腔陈述着:"呜呜,大夫说,'人得人面人死,马长马面马亡',这个病不好治啊,你说说这可怎么办啊?"乾隆皇帝在古书上曾读到过关于"人面疮"的记载,但在现实中还是头一回碰到,所以很感兴趣地跟着老太太去了家中。

石头墙小院里,黄草苫顶的低矮房屋在春寒中瑟缩着,屋内一个三十多岁的汉子正疼得满头大汗,在床上翻滚着。乾隆走上前去,老太太喝住儿子:"先忍忍,让这位官人看看你的病!"她顾不上招呼乾隆,就用砂壶开始熬药去了。乾隆慢慢帮着男人卷起裤脚,果然在腿上看到了栩栩如生的一张人脸形状,传说中的人面疮就在眼前,乾隆既惊奇又有些害怕,他赶紧安慰道:"你娘已经抓药了,只要好好服药,应该慢慢就会好起来的。"点燃的柴草在屋角泛起阵阵浓烟,老太太被熏得不停地擦着眼角。乾隆虽说也是能体察民苦的,但对于浓烟进入眼内的感觉还是第一次体会到。他来到灶前伸头想去看砂锅中到底都是哪几味药,想不到恰巧又一股浓烟翻上来钻入了他的眼内,他的两眼一阵发辣,泪水哗哗地流出来,尽管赶紧抽头还是有不少泪水掉入了锅里。看到他被烟火熏得眼泪直流,老太太赶紧拿起一个小板凳放到了门外:"屋里太熏了,到门外晒日头吧。"

老太太熬出药来,让儿子口吹着慢慢服用,然后来到院子里和乾隆又说上了话,乾隆问她:"大夫怎么说?"老太太又擦起眼睛来:"说是他开的药方中需要一种罕见的药引子才能管用,要不这药没有用。"

"药引子难找也得找,抓紧啊。"乾隆热心地说。

老太太难为情地轻声说:"他说得用龙目为引子,龙在哪里俺都不知道,更不用说龙目在哪里了。"

乾隆也心下一惊，所谓的龙哪里有人见过啊，龙应该是根本就不存在的，这纯粹是糊弄人啊。乾隆皱着眉头想了一下，才笑着和老太太小声说："他这是怕自己治不好你儿子的病落埋怨，所以才这样说，我刚才看了一下你熬的药，都是李时珍《本草纲目》上药方子里的，是没有一点差错的，治好应该没有问题的，你老就放心吧。"

老太太听到这里，神色有些放松："官人，托你的福，借你的吉言，但愿俺儿能早日好起来，俺在这里感谢你啊。"

乾隆还需要赶路，也想尽快赶到诸葛亮长到十四岁才离开的阳都那个地方，所以留下了点银钱就往阳都故城去了。

老太太和他的儿子并不知道来人是乾隆，更不知道整个事情的来龙去脉，但山东的各级官员此后都是密切关注着患者情况的。

在乾隆回到京城不久，山东抚臣在进京见乾隆的时候，隆重汇报说患了人面疮的那个男子托皇帝的福已经痊愈能像正常人下地干活了，乾隆也马上想起了自己的那次微服到阳都的往事，笑着问道："不是说需要龙目做引子才能有效吗，怎么就这么容易的好了？"抚臣马上满面堆笑地说："当地百姓后来知道了是吾皇万岁微服私访，都说您落到那熬药的砂锅中的眼泪就是药引子啊，所以才治好了那小民的人面疮，都赞不绝口地对万岁感恩戴德呢。"乾隆直了直身子，随即问起其他事情来。

下朝后，乾隆又翻出了自己的那首诗，仔细斟酌起来。最终，这首诗加上了序言定稿为《五贤祠并序》："沂州古琅琊郡，汉诸葛亮故里，晋王祥王览、唐颜杲卿颜真卿皆产其地，旧有景贤祠合祀之，嘉其纯忠至孝，节烈彪炳，足表范人伦，纪之以诗：王祥王览能全孝，真卿杲卿均致身。所遇由来殊出处，要推诸葛是全人。"

慢慢吟咏着这首诗,乾隆的眼前又浮现出阳都故城附近的那个农家小院和小院中的母子二人……

慢 医

阳都的肾病专家申万前给人治病但病人的病好得慢,所以他的门前是比较冷落的。

阳都这个地方,历史悠久,文化底蕴深厚,时常就会出一些奇人奇事。中医医生们有各种各样性格,脾气也各不相同,他们的治疗风格更是各具特色,所以对于申万前的这一特点都明白,但也有很多人愿意找他治疗,但需要做好喝药一年半载的准备才行。

杨后勤患肾病四处求医未痊愈,春天来找申万前诊治,申万前通过望闻问切,沉吟了一番才缓缓开口道:"肾者,脏腑之本,十二经脉之根,肾主水,受五脏六腑之精而藏之,你的五脏六腑不调和了,所以很难治了,需要很长时间才行啊。"杨后勤已经吃尽了四处求医的苦头了:"申大夫,我都治疗两年多了也没有治好,我相信你才来求你的,多长时间我也能坚持。"从此以后,杨后勤照着申万前开的药方,早晚各喝上一砂壶苦药汤。这期间,有人劝他:"有病去大医院啊!都什么年代了,还相信中医?"杨后勤却不改初衷,坚持只让申万前治疗:"大医院我都跑遍了,不是也没有治好吗?你们谁也别劝了,我这次就相信沈大夫了。"他坚持服药,用了整整一年时间,第二年出暖花开的时候,才彻底痊愈了。人们都知道，慢性肾病最怕不能根治，以后出现反复。一旦进入肾功能衰竭，就有生命危险了。杨后勤经过这次治疗后，一生没有再复发过，活了九十多岁。

对于很多患者来说，谁都愿意自己的病好得越快越好，疗效慢是最难让人忍受的。所以来找申万前治病的人就不是很多，好在申万前的几个孩子都事业有成，他倒是衣食无忧，所以闲暇时候，他会捧着一本泛黄的线装古书，读到得意处会摇头晃脑起来。

但现代社会生活节奏逐步加快，县里一位官员的妻子患慢性肾炎后在外地大医院治疗一年后有好转，并未根本治愈，而他又想尽快返回工作岗位，干了一段时间，病情进一步加重，所以很是着急，就找到了申万前门下，她的丈夫陪同前来并提出了要求："申大夫，你也知道，作为领导干部的家属要是整天泡病号是很不合适的，影响会很不好，所以想尽快治好啊。"

"心急吃不得热豆腐，我尽快吧。"申万前点点头，表示理解，然后开出了药方，让她回去按时服用。

可是服用三个月后，全身浮肿的症状都没有消失，这位官员的妻子急得很，丈夫也是很失望，甚至开始准备后事了。官员毕竟考虑得全面一些，于是一边继续从申万前这里开方取药，另一方面又找到了另一位医生请求治疗。

另一位医生看到病人病情严重，也觉得没有多大把握了，就把病人的丈夫单独叫到一边，实话实说："咱可得把话说在前面，我尽心尽力地治，但是我没有把握，治不好可不要埋怨我啊。"

丈夫表示理解并坚决同意后，这位医生开出了药方，抓出药来一看比申万前开的足足多了一倍还多，回去后熬制出来丈夫强压着心中的不安，为妻子把熬好的浓药汤端了过来，妻子满怀希望地喝了下去。四服药后她开始排尿了，脸上的肿胀也开始消了一些,并开始想吃东西了。全身浮肿消退,连续服用三十多天后,恢复了健康。

丈夫是有身份的人,在妻子病好以后,对这位医生表示了诚挚的感谢。这位医生说:"我用的药就是太毒了一些,好在把病治好了。"接着又去了申万前的诊所,说了一番客气话:"申大夫,非常感谢你啊,病人能痊愈,全靠了你的治疗啊。"

没想到的是,申万前摆摆手,平缓地说道:"俗话说无功不受禄,其实无功感谢也不能接受,这不是我的功劳啊,你肯定另请了高明啊。"

病人丈夫看到瞒不住就一五一十地向申万前说了整个过程:"唉,还是那句话,作为我的家属不赶紧回到工作岗位影响不好,所以……"

申万前倒没有觉得什么,诚恳地说:"理解理解,好了就好,好了就好。"接着神色郑重地嘱咐道,"这次的药方很管用啊,所以请一定保管好药方啊,以后还会有用的,切记切记。"

三年后,这位女病人旧病复发,又找到了为她治好病的那位医生门下,治疗一段时间后,按照病人的说法是"越治越哑",眼看没有指望了。还是丈夫冷静,想了想觉得申万前毕竟是肾病专家,所以再次陪着妻子来到了申家诊所里。

申万前情深细语地说道:"有些病着急不得,就得慢慢治啊。"他沉思了半天,字斟句酌地提出要看看那次有效的药方,"我当时嘱咐叫好好保留的,你应该留着啊。"

丈夫费了很多事,好在后来终于找了出来,拿了过来。申万前看后,什么也没有说,就还给了他。然后开始为病人诊脉,看舌苔。

开完药方,他说道:"有的病可以尽快治好,有的病是需要慢慢治的。这次别着急,先治一年看看吧。"

结果用了一年多一点的时间,病人彻底痊愈,至今已经过去了二十多年,身体一直非常强健,没有再出现过什么大的毛病。

两人一直记得申万前似无意中说了一句:"治病要保住命,但治标还得知本,同时要保证尽量别再出现相同的毛病。"

抓　药

眼睛紧盯着医生抓药的手,张鸣鸾由在心里嘀咕逐渐变得嘴里出声了:"这样能行? 准吗?"

正在为他抓药的高介宾,系中医世家,祖祖辈辈精研岐黄,到他这一代尤其是对温热之症有颇深的研究。一般病人经他诊治,用八服之内的中药就能治好,故在阳都有"高八服"之称。慕名来找他治病的人整日不断溜儿,所以也就养成了一些脾气,会时常就和人较起劲来。他听到张鸣鸾的话后,将已抓好的药快速倒回了药柜,把处方推给了徒弟:"你给他用药戥子配上吧。"然后转身去接待下一位病人去了。

高介宾总是在纸上开出药方后,习惯从中药柜里用手去把药抓出来包给病人,了解他的人都不会产生疑问,一是习惯了他的这种做派,二是他这样抓的药都是能在八服之内治疗好病人,所以一般是没有人会提出疑问的。

所以,徒弟也就一般不用干抓药的活儿了,甚至对能"抬手取,低头拿,半步可观全药匣"的中药柜并不能随心所欲地拉开,对药戥子也用得很不熟练,他对着师傅开的药方,很生疏地用半天工夫才为张鸣鸾包好了药。

两天后,张鸣鸾再次领着病人上门了,高介宾看到病人梦寐惊惕、胸脘痞闷、眼角赤红等症状并未得到根本改善。

让病人坐在案前,高介宾搭手诊脉,发现左带微数,右关微弦,肝木乘脾土症状明显,再这样下去会有七情之忧六淫之侮,于是再次开出了包含人参、半夏、枳实、茯苓、干姜、小川连等几味药的处方。

徒弟在一边看得很清楚,这个处方和上次开的完全一样,就是每味药的用量也没有一点加减,徒弟看了病人一眼,又看了师傅几眼,嘴唇轻微动了动,还是忍住了。

高介宾拿着药方,慢慢走向药柜,把药方认真铺展在前面的柜台上,回过头去对着药柜扫视了一眼,然后眼睛眯上了。当高介宾的眼睛再睁开的时候,人们发现他的眼里面精光四射,好像在看无穷远处似的。只见他紧握着的两手猛然张开,左手拉开药斗,右手迅速伸进去,将好似漫不经心抓起的药快速放到徒弟铺展好的草纸上。如此这般一会儿,三服药已经抓好,徒弟认真包好递给了张鸣鸾。

这次,张鸣鸾之所以没有提出异议,是因为他这次来之前,很多人嘱咐他不要多说话,并告诉他高介宾从来就是这个样子,用手抓药比用药戥子戥得都准,尽管放心就是了。

三天后,病人复诊,舌苔已退,病减六七,但口中味淡,时或作酸,尤其大便燥坚症状还很严重。高介宾换方,又给抓了三味药,这次主要用了柏子仁、苁蓉、小茴、车前等。

病人上门三次,服完高介宾用手给抓的六服药后痊愈。这时候,作为病人亲属的张鸣鸾再次上门了,他除了感到有很多疑惑外,还对高介宾徒弟第一次给包的药产生了怀疑。高介宾一眼就看透了他的心思,没等他开口就说道:"我的徒弟给你包的药,一点也没有问题,这个请你放心。"

徒弟在一边也赶紧声明:"我就是按照师傅开的药方包的,可不敢乱来,哪敢不弄准哪!"

张鸣鸾的脸唰地红了,他嗫嚅了一会儿,才又开口:"那,那为什么不管用呢?"

"怎么不管用! 病来如山倒,病去如抽丝,你懂不懂?"高介宾口气严厉起来。

觉得医生说的话有道理,张鸣鸾用力地点了点头,诚恳地说:"高大夫,我就是觉得很奇怪,你用手去抓药准吗? 你说说。"

"病人属于湿热燥化,需要温干扶阳润燥,所以见效慢一些。"高介宾不接他的话茬,一边走向下一位求诊者,一边解释了一句。

等候的病人说他了:"你说说你这个人怎么这样啊,高大夫要是抓药抓得不准能治好病人吗?"

另一人说道:"再说了,高大夫的绝招就是抓药。他用手抓的药见效快,徒弟用秤称的药反而见效慢,这个事儿谁不知道啊。你第一回嫌他抓得不准,你这不是找事儿嘛,真傻。不的话,肯定还能早好几天呢。"

张鸣鸾在众人的议论中,眨巴了一阵子眼睛,起身走到高介宾前,深深鞠了一躬:"谢谢你。"

高介宾摆摆手:"医生就是给病人治病的,谢什么谢,走吧走吧……"

张鸣鸾感到高介宾那并排在一起的细长手指上,好似有一股中药的香气正在逐渐散发弥漫开来。

酌　方

为培养中医传人，王世忠被安排跟着高介宾学习，并负责整理《高介宾医案》。刚开始，王世忠总是在高介宾为病人抓药后及时把药方收集起来，他以为这样就万事大吉了。但不久后他就意识到了一个大问题，高介宾尽管开了药方，但从不用药戥子，都是用手抓的，那用量是否准确呢？

更主要的是，有一次高介宾不在家，王世忠为一位支气管哮喘患者开出方子治疗，但效果并不理想。老师回来后他认真请教，高介宾却肯定他治疗正确，用药也没有问题。

王世忠诚心诚意地请教道："老师您说，怎么同样的症状，同样的方子，同样的用量，为什么我开出来的就会出现这种情况呢？"

高介宾皱着眉头想了一会儿，开口缓缓说道："我也不知道为什么，等病人再来的时候，让我看看再说。"

真是说谁谁到，这时病人已经拖着病体跨进了门："高医生，听说您回来了，快给我看看，我喘得不行受不了啊。"

高介宾发现，病人脉沉缓，舌质淡红，苔白粘浊，已出现阳虚水泛之证，于是再次开出了平喘纳气汤去黄芩、地骨皮，加炮姜、桂枝的方子。

王世忠看了一眼，的确还是他开过的那个方子，并且用量也还是完全一样。

高介宾还是和以前一样,自己来到药橱跟前,拉开药匣,用右手很快抓出了各种需要的药材,随后一挥手,吩咐道:"包上吧。"

王世忠这次格外关注这个病例,第二天傍晚就去走访了患者。让他大吃一惊的是,仅服两天药,病人痰减少,咳喘减轻,症状已大有缓解。结果八服药后,症状全部消失。然后用蛤蚧定喘丸巩固,以后未再复发。

王世忠彻底服气了,但也更加迷惑不解了。他一有时间就对着老师开的药方仔细斟酌,但也不见什么独特之处。有时他甚至想老师是不是在用手抓药时施加了什么魔法,随即他就摇摇头自己笑了,别胡思乱想还是好好琢磨老师的高明医术吧。

某一日,他突然想到了最早思考过的问题,觉得是老师用手抓的药用量不准确,才歪打正着治好了患者的。但他马上又否定了这一想法,药方是经典药方,再说老师也不可能每次都碰巧啊。难道老师有了特异功能,所以才这样的?他受的是现代教育,当然不相信无稽荒诞之说。最终他还是决定去好好斟酌患者症状与用药这些方面的情况。

这天又来了一个习惯性流产患者,高介宾开出的是益气固肾汤,王世忠打算好好研究一下老师这次抓药的情况。药店关门后他带着药戥子去了患者家,把老师抓的药再次分开,仔细戥每种药的用量,果然让他发现了问题之所在,老师抓的药中炒杜仲、桑寄生、山萸肉三种均比药方上写的用量多了五克,王世忠再次看了患者一眼,患者腰有时会有些弯,补肾壮腰的药用量多一些是非常正确的。老师显然也看出了这位妇女的这一症状,所以在这几味药上用量多了一些。可问题是,老师为什么不在药方中写出,更主要的是他怎能想多抓五克就能多抓五克,这也太神奇了啊。

王世忠仔细记下了这个药方的情况,并用心跟踪这位患者的治疗情况,结果高介宾为她治疗两个月后身体好转,不久怀孕,十个月后产下一男婴。

由于高介宾自视甚高,王世忠只能找机会暗暗地研究高介宾的处方,并详细记录治疗情况。到了这个时候,由于窥视到了老师自己都没有意识到的治疗秘密,王世忠心里有底了。以后,老师抓的药他每样都尽量包小包,然后用药戥子复秤,详细记录下高介宾开的药方和实际抓药的数量。但他知道,这一工作不能在药店当着高介宾的面进行,只能多跑腿到患者家中去。发现用量的变化后,他再仔细对照患者情况,然后分析记录。虽然受累颇多,但也获益匪浅,用药水平快速提升。

几年后,他整理的《高介宾医案》基本完工。这个时候高介宾年龄已经很大,脾气也更固执了。当他拿着《高介宾医案》让老师过目的时候,高介宾对他用心记录的药方提出了异议,觉得那不是自己的,如果要出版就得出版他开的处方,不能随意改动。上级很重视这本医案的出版,最终医案是照着高介宾开的原始处方出版的,王世忠这些年的工作等于白做了。但他也彻底明白了,高介宾抓药是在下意识中无意地根据病情调整了用量,连他本人也没有意识到。但他无怨无悔,继续跟着高介宾虚心学习,仔细记录他抓出的每服药,他觉得老师这种状态下的用药更值得研究,也更有价值。

又过了几年,高介宾去世,王世忠重新修订了《高介宾医案》。他把以前的处方恢复原貌,把后来的再加上,一本厚重的更有参考价值的医案得以问世。

在前言中,王世忠加了这样的说明,阳都名医高介宾有不懈的追求,晚年对医术的研究更臻完善,这一版才是老师医疗水平的真貌,因而也才更有参考价值。

羊毛风

　　小儿风症林林总总达 72 种之多。有的高热，面红气急，烦躁啼哭甚则牙关紧闭；有的面白无神，抽搐无力，四肢厥冷。在这急、慢两种风症中，又可分出硬皮风，鼓嘴风，黄风等多种。

　　阳都界湖村民间女医生袁秀珍是治疗风症的高手，小儿父母抱着孩子一进门，她就能说出是什么风，并能对症治疗，先用手指掐巴几下，再针对具体是哪种风运用不同的药物辅助一下，孩子就好了。很多被医院判为不治推出来的孩子，在她这里简单治疗几次，命又捡回来了。孩子父母对她感激不尽，但她从不收取费用，一直是免费治疗。人们为了表示谢意，拿点礼物去她会收下。但不能过，一旦礼物重了，她说什么也会让你拿回去的。

　　张左峰小时候就得过羊毛风，是袁秀珍把他从接近死亡的状态中救回来的。

　　羊毛风的得病原因是受风寒所致，风寒在身体中形成病灶，进而影响局部血液循环，表现在症状上就是不安哭闹，头往后仰，眼睛往上翻，神情上好像看到了什么吓人的东西似的，眼眶内能见到的都是白眼珠。

　　父母带张左峰跑到医院，医院先挂上吊瓶，检查后判定是大脑出血，黄疸，肺炎等并发症，治疗后症状有所缓解，但不见根本好转。

　　这时候有人说这应该是风症，建议说去找袁秀珍给掐掐风应该就能治好。都说病急乱投医，再加上袁秀珍名声也很大，所以张左峰就被带到了袁秀珍的家中。

张左峰一会儿有气一会儿没气，有时轻声哭哭就断气了，好像嗓子里有痰憋着似的。看他父母焦急害怕的样子，袁秀珍拿出孩子的小手，开始掐巴起来。说来也真是神奇，不一会儿工夫张左峰就安静下来，袁秀珍让当母亲的给喂奶，张左峰真的开口轻轻啜了几口，身子也开始能活动一些了。

"长上点劲咱好好治病啊，"袁秀珍接着转过身来，吩咐孩子的父亲，"你赶紧去拿点荞麦面来，麻利一些啊。"

她从屋角放着的卤块上砸下来一小块边角，放到清水中用筷子搅动着让它尽快化开。等荞麦面一来，她马上加上其他药物，搅和成糊状物。她把张左峰接过来，平放在床上，敞开他的上衣，将和好的面糊放在胸口上。然后袁秀珍凝神静气，用手指慢慢抹着这些糊状药物，只见随着她手指的转动，张左峰先是出现了松闲神情，当这些面糊逐渐变干并让袁秀珍在他胸口上搓成了一个小球的时候，奇迹出现了。张左峰身上开始向外飘飞羊毛状的丝絮物，这些东西在空中越飞越多，让张左峰的父母张大了嘴巴。直等到不再从儿子身上出羊毛状的东西了，他们的嘴巴才合上了。这时候，袁秀珍也顺手捏碎了那个已经变干的小面球，只见里面也布满了细羊毛似的东西。

张左峰长大后很有出息，四十岁刚出头就成了在县上举足轻重的人物。春节前，他去界湖村走访困难群众。已经八十岁的袁秀珍正在另一个老太太那里拉闲呱，张左峰带着一伙人进了这家的门。

"臭蛋，你是臭蛋！"袁秀珍盯着张左峰看了一小会儿，突然指着他大声嚷起来，"你小时候得了羊毛风，还是我给掐好的呢。"说着就拉住了他的胳膊，"臭蛋啊，你现在都干什么了？怎么有空来啊？"

陪同来的人都显得很尴尬，张左峰脸色发青了一小会儿，马上又恢复到了正常状态："是啊是啊，我小时候家里穷，起个臭蛋这样的贱名是为了好养。你说的羊毛风这个事儿我不记得了，可能太小吧。羊毛风，是一种什么病啊？"

张左峰也就是顺嘴一说，想着尽快进入走访这个正题，但年龄已经大了的袁秀珍却不明白他的意思，于是就给他讲起了小孩子的七十二种风等。张左峰只好面带微笑，做出认真倾听状。跟着来的乡村干部明白张左峰工作忙，需要赶紧办正事，所以打断了袁秀珍的话，赶紧让走访成了主题。

回去的路上，看张左峰脸色严峻一句话也不说，跟随的人员也都不敢说话。半天后，张左峰拿出了手机，拨通后说道："科学研究能证明人身上会长羊毛吗？哦，那为了孩子们的健康成长，你们是不是下去查一下现在还有没有非法行医的问题啊？那好，过后我要听你们的汇报。要普及科学知识，教育群众要相信科学，有病到正规医院诊治……"

人面疮

清朝末年最后一任阳都知县黄秀祺是带着家属上任的，由于需要养活妻子和孩子，日子就过得紧紧巴巴，捉襟见肘。刚开始黄秀祺还能够自觉约束自己，不吃请不收礼。但时间长了，就开始逐渐放松,慢慢就受当地一些大户的接济和馈赠了。

他的妻子出身于农家,但也是乡村里一个识书知礼的家庭,对自己丈夫的所作所为有一丝欣喜,但又同时也有一些担忧。面对拮据的生活,她有很多无奈,很是纠结。

恰在这个时候,黄秀祺肩膀上忽生一个眼耳口鼻俱全的瘤子,这瘤子内痛外痒无比,显见是一种毒疮。忍不住搲一下,这个瘤子就能发出一些奇怪的声音,让人感到很恐怖,于是赶紧请来了当地医生张枫来诊治。

张枫有些浪得虚名,他也没有见过这种毛病。"很奇怪啊,好像还有表情哎。"在他看病的过程中,黄秀祺不时地呻吟起来,在一边的妻子听张枫一说,也看出了门道:"是啊,好像是有点难过模样。"盯着看了半天后,难过表情逐渐消失,这时候黄秀祺就疼得轻一些了。妻子忍不住用手轻轻按按,就听到一种类似"饿饿饿"的声音。张枫快速说道:"说饿?是不是需要给它点东西吃啊?拿点肉来试试看!"

拿来一小块肉后,试着慢慢塞进疮面上的那张小嘴里,不一会儿那一小块肉真的被慢慢吸了进去,这一试还真的很管用,撕心裂肺的痛势竟然减轻了许多,张枫也实在无法治就借坡下驴说了一声先这样治着看看吧,随后赶紧告辞了。

妻子发现疮面上的表情显出一副开口笑的样子的时候,丈夫的痛苦就会减轻很多,看这个法子管用,于是在丈夫奇痒难忍的时候,就赶紧给它吃肉。几天后,问题就来了,由于有进无出,黄秀祺肩膀越来越胖,胳膊也一天一天地胀大起来,肿得像是扣上了一个大碗。原来只是肩膀痛得厉害,现在又添了胳膊疼,黄秀祺的痛苦与日俱增起来。

这个法子不行!只好又请来了另一位大夫高乐亭。高大夫通过观察得出结论："这是很少见的一种病，不叫瘤子叫人面疮。过去有种说法，是上几辈子的冤家债主来讨债了，要念经拜佛方能治愈，其实很是荒唐。只有让上面的这张脸儿哭了才可以完全止痛，让它的两只眼睛流泪了才能治好。喂它吃肉的法子，是全弄反了，必须赶紧停下来。"

听高乐亭说得有道理，黄秀祺夫妇担着的心才慢慢放下来。高乐亭取来一些贝母碾成的粉末撒在那小嘴里，只见这张小脸上的表情立即变成了难受的样子，黄秀祺当下便觉得疼痒减轻了很多。夫妻俩感到这次才是找对大夫了。

高乐亭用手指头按按肿胀得碗口大的部位，叹息道："这里面吃进去的肉已经化脓了，必须切开一个刀口让脓液排出来才能彻底治好，知县大人看来必须受一刀之苦了。"

黄秀祺这阵子经常疼得嘴里"嘶嘶"吸溜着，时常有一种生不如死的感觉，所以巴不得立即开刀："为了治病，再苦也得受，该怎么动刀动就是了。"

高乐亭取出了些麻药先给黄秀祺用上，让夫人去拿来一个盆子在下面接着，用刀子慢慢切开一个口子，顿时便排了腥臭难闻的小半盆脓血，夫人几次作呕但还是稳稳地把盆子举在胳膊下面认真接着，直到手术完成。

这时，黄秀祺一点也不觉得疼，竟有一种如释重负的感觉。高乐亭给他外用雷丸、轻粉、贝母碾成的粉末敷疮口，并开出了由龙胆、龙荟、当归、大黄、栀子、黄芩、青黛、木香等组成的内服药帮着泻火。

这天，夫人观察了黄秀祺肩膀上的疮面后，高兴地说道："那张小嘴难受地龇着，龇得越来越厉害了。哎，你看，两只小眼儿开始流泪了。你马上就要好了啊。"

几天后，黄秀祺肩膀上的人面疮彻底痊愈，夫妻二人在家中兴奋得不得了，夫人简单准备了几样小菜，以示庆祝。

仅仅过了一会儿，夫妻二人几乎是同时停下了筷子，陷入了沉默之中。慢慢看了看桌面上寒碜的饭菜，两个人都抬起了头，相互对视着，黄秀祺先开了口："这个，今后……"夫人的手伸过来拉住了他的手："是的！"

从这天开始，黄秀祺放松了的弦又重新紧了起来，坚决不吃请不收礼，并把以前接受的很少的钱财也全部退还了回去。

随后到来的改朝换代也罢，军阀混战也罢，他们一家都没有受到大的冲击……

修　正

"这个、这个，柳大夫啊，你用手抓药的方式是不是应该改改了，用药安全大于天啊，上面的压力……"领导找柳廷奇谈话了，"再说了，咱开出药方，让中药房包药不就行了，你何苦再去用手抓，所以，这个……"

最近这些年，有人对中医的误解越来越深，主要表现在用西医的思维来对待中医，说什么中医对中草药的定性定量分析不够，并以此得出中医不科学的说法。在这种情况下，从不用秤称数量而用手抓药的柳廷奇日子就不好过了。

改为中药房照着处方包药后，患者的反响不久就大了，都说还是柳大夫用手抓的药更管用，不让柳大夫进中药房是不对的。

领导就重视起来,亲自来落实这个事情。领导毕竟高明啊,就想出了这样一个两全其美的方法,继续让柳廷奇用手抓药,但抓出来后需要再把一次关,就是用秤再复核一下,用领导的话说这叫确保万无一失。

过去柳廷奇开出药方后,自己拿着走进中药房,熟练地拉开药匣,伸进手去随意抓几把,一服药就配好,患者回去后不久就药到病除。可是,现在柳廷奇来抓药的时候,领导会在一边坐着,抓出来后其他司药会赶紧放到天平上,对着柳廷奇开的药方认真称着,每次总是有一两味药和处方上的用量不符,司药会把不准确的给加以添减,然后才包起来交到患者手上。

领导这个时候总是会意味深长地说一句:"理解吧,柳大夫啊,事实证明这个程序也确实很有必要啊,再说了我们都得相信科学,你看还是仪器准确啊。"

柳廷奇的专家门诊,每月都能为医院增加一笔很可观的收入。现在这个形势下,医院讲究经济效益无可厚非,领导对这个问题尤其重视。但一个月下来后,领导发现,柳廷奇的门诊收入大幅度下降了。一了解情况,还是因为柳廷奇治疗的患者都觉得柳廷奇现在的处方疗效大不如前,致使很多病人流失。

领导再次来找柳廷奇了:"柳大夫啊,是不是你有什么想法啊,或者说是不是你有什么意见啊? 有什么说什么,咱们掏心窝子交流交流吧。你是咱们医院的中坚力量,这样下去对单位对个人都不利啊。所以……"

柳廷奇坦诚地说:"领导说得对,我没有什么意见,以前自己习惯了用手抓药,并且还觉得是一件值得骄傲的事情,后来觉得用天平称药是完全应该非常必要的,我并不想再用手抓药了。尤其是后来经过复核这个程序,发现问题确实不小,所以我觉得取消用手抓药是很对的。""既然这样,那问题出在哪里呢?"领导也很实在,做出循循善诱状,"是处方有问题? 用量的问题? 配伍的问题?"

柳廷奇诚恳地说:"应该都没有问题,我也是有多年的工作经验了,辨证施治还是能够做到的,什么原因我还真说不明白,这些日子我也很困惑,很痛苦。"

还是领导想得深一些:"你用手多抓出的药是怎么回事儿呢? 如果处方上按你抓出的用量会如何呢?"

柳廷奇摇摇头:"那可不敢,处方是很科学的,随意改变处方我也不敢啊。"

领导点点头:"是的,我们应该尊重传统,相信科学。但有没有可能是你的经验在起作用,是不是你根据病人的情况不自觉地在抓药的过程中调整了有些药的用量,而恰恰是这一调整对患者的治疗起到了关键作用呢? 如果是这样,那我们完全可以换一种思路,换一种方式处理这个问题。"

柳廷奇赶紧说道:"没有,我没有这种感觉,过去就是自己觉得能一抓准,用秤复核后才知道自己并没有抓准,所以我觉得现在的措施很有必要,同时我觉得今后再也不能用手去抓药了。""那,就这样吧。"领导如释重负,"别有负担,用药安全大于天,我们宁愿经济效益有所下降,也不能不管社会效益,不管患者的生命安全。"

后来有一次,柳廷奇的一个亲戚来就诊,强烈要求他用手为自己抓药,并一再声称如果不这样他就不服用。柳廷奇也一时技痒,来到中药橱前,随意抓起来。但这次他自己留了一个心眼儿,就是每抓一味药都单独放在一个纸药包里,抓完后他让司药复核一下,结果竟然每味都不准确,他吓得赶紧把这些药全部倒回了药匣中,把亲戚扔在一边扬长而去,一边走着嘴里还一边嘟囔着:"这还了得,这还了得,多亏了领导,还是领导高明……"

包括柳廷奇自己在内,谁都不明白究竟是什么原因,让一位名医变得如此平庸起来……

戒　酒

在阳都,马玉柱被称为四大酒癫之首,除了在家中自己能喝醉外,在外也是见酒必喝,喝酒必醉。有些酒场只要有他认识的人,他总会想办法挤上去,不喝醉决不罢休。很多人都躲着他,见他远远走来,赶紧把门死死关上,不让他看见,不让他进门。家人很为他的这种酒德感到羞愧,说起来就会脸红。

作为有"酒癫子"之称的他喝醉了晚上不知晕到哪里去是经常的,所以家人也就对他夜不归宿习以为常了。但这天早上他走进家门后却和往常不一样了,他头发上有草屑,身上有黄色尘土,没有酒味了,但还在糊里糊涂中,说话道三不着两的,他说自己在历山下边的坟地里喝了一夜酒,说自己和很多鬼认识了,并说自己就是鬼,越说越离谱,吓得家人浑身起鸡皮疙瘩。他连续几天几夜不睡觉,净胡说八道。摸摸他的额头并不发烧,家人到他说的坟地看了看,竟然在一片空地上真的发现了他说的喝酒的酒瓶子,数量、牌子、酒的度数等都和他说的完全相符,并且地上有一片被踩踏得溜光,好似几个人在这里待了很长时间的样子。

家人害怕了,把他赶紧送到了阳都针灸专家高成亮的诊所里。高成亮家传鬼门十三针，已达到出神入化、登峰造极的境界。具体做法就是用十三根银针，分别扎在病人身体的十三个穴位上，用以治疗那些得了精神方面疾病的患者，效果奇佳，声名远扬。

马玉柱一进门，高成亮就看明白了他的病情，所以他刚坐下来，一句话也没说就快速地将一根银针扎在了他的鬼枕穴上。马玉柱一哆嗦，龇牙咧嘴地用变了调的声音说："你要干什么啊？"高成亮不理他，第二根针又在一眨眼的工夫刺入了鬼宫穴，并拿起了第三根银针。"你这是管的哪门子闲事儿啊？"高成亮听到，马玉柱的声音就好像过去经常在县电视台发表讲话的一个官员的腔调，心下有点明白了。第三根针扎下去后，高成亮眼睛直视着马玉柱："我就是爱管闲事儿，和我说你是谁！""我是谁？你敢问我是谁？"马玉柱咬紧牙关，还是趾高气扬地说，"放明白点，别管闲事，我不会怎么你的，否则……"高成亮不理他，连续又是两针扎了下去，马玉柱开始吸溜吸溜地有点忍不住了："你、你究竟要干什么？"高成亮神情冷漠，继续一根一根下着针："你是谁？你是从哪里来的？"

这时，马玉柱的身体变得有些软了，声调也开始低沉下来："我说……我说……我是前不久病死在监狱里的贪官王宇翔，从历山脚下的坟地里来的。"

高成亮最恨贪官，一听到马玉柱说的正是自己猜测到的人，不由得又迅速扎进去两针，并晃了晃仅剩下的一根针："再不说我就不给你机会了！你到底想干什么？"

"我说我说，我死后虽然尸体被埋在了祖坟里，但灵魂却没能进去，所以想找个人当替身，帮我……"马玉柱的头逐渐低了下去，声调也越来越轻，"求求你，放过我吧，我再也不敢了，饶了我啊,饶了我……"

用鬼门十三针,一般到这个时候就可以了,医生在附体的声音求饶后答应放他一马,一个治疗程序也就结束了,病人会很快变好,病情一般不会再次发作。平时高成亮也都是这么做的,可是这次高成亮却犹豫了,他盯着手中的最后一根针,思考了一会儿,犹豫了一会儿,最后上身向前一倾,还是扎了下去。

这时候,马玉柱的脖子一软,脑袋彻底低了下去,接着趴到桌子上,均匀的鼾声响了起来。

十三根针扎完,高成亮头顶上冒着腾腾热气,身上的衣服也已经湿透了大半,疲惫地坐回了椅子上,合上了眼睛休息了大半天,才又抬眼看向马玉柱,马玉柱还在酣睡之中。

跟班学习的徒弟轻轻碰了碰师父的右臂,轻声问道:"师父,以前最多的时候才下十二针,这次为什么扎满十三针呢?"

"唉,这最后一针是死穴,一般不用是为了给留条后路,"说到这里,高成亮的声音狠起来,"但是这次是对贪官,我岂能放过他!"

这时候,整个诊所里的温度好像下降了很多,让人产生一种冷飕飕的感觉,跟班徒弟看到不但自己打了哆嗦,马玉柱的家人也都身体颤动了几下。

马玉柱经过治疗,第二天就彻底痊愈,不过他对自己的这些经历根本没有留下任何记忆,有人问他这件事他总是一片茫然。但从此他好像变了一个人,一辈子都滴酒不沾。并且,据说阳都的社会风气大有好转,贪官大大减少……

蒋天华

　　阳都医生蒋天华对针灸钻得很深,尤其精研鬼门十三针。鬼门十三针是中医针灸中最神奇的一种特殊治疗方法,过去一直是不传之秘。蒋天华年轻时知道了鬼宫、鬼枕、鬼臣等穴位的具体位置后就一头扎下去,结合传统针灸医学资料和心理学的最新研究成果,独自摸索出了一套特色针法,治疗好了很多强迫症、癫痫、精神分裂症等精神类疑难杂症。

　　他治好的第一个病人是一位中年妇女,丈夫送她来的时候口口声声说要娶老婆,"好好好,来——坐下说。"蒋天华顺着她的话让她坐下,搭手先把脉,发现左寸关尺较强,右手寸关尺弱,"你想娶谁当老婆啊?"女子突然住了嘴,不说话了。蒋天华用针扎了病人的鬼宫、鬼信、鬼垒三个穴位,病人在他下针的时候哆嗦了一下,蒋天华再次问道:"你是谁啊? 你想娶谁当老婆啊?"女子面带神往地用男子的声调说:"我是张卓然,在艾山煤矿上干活。我好可怜啊,现在在这里孤孤单单的。你说说煤矿塌方,别人都没事,怎么就让我摊上这事了,我死得实在不甘心啊。我还这么年轻,还没有见识过女人到底是个什么样子。本想多挣点钱回去娶个媳妇好好过日子,哪里想到竟然把命都搭上了。"蒋天华静静地听着,根据"女子先针右起""阳日、阳时针右转,阴日、阴时针左转"的方法用手慢慢捻动着银针。女子突然声调变了:"啊哟哟,啊哟哟,疼死我了,疼死我了,我不就是看中了俺嫂子吗？俺不就是想娶俺嫂子做老婆吗？啊哟哟俺不敢了，俺可是不敢了，你赶快放俺走吧，呜……"哭了一阵后，趴到案子上，沉睡了过去。蒋天华退针后问了一下女子的丈夫，他说自己确实有个弟弟死在煤矿上，姓名、地址、各种情况都对，生前见了嫂子就脸红，哪里想到他心里还会有这些道道！陈天华心里说，其实根本问题不在于弟弟，而是嫂子对弟弟的脸红在潜意识中有了一些想法才造成了这种状况。女子醒来后，显得很疲惫，但神志清醒，主动招呼着丈夫回了家。第二天复诊一切正常，随后再也没有复发过。从此以后，蒋天华名声大振，到处传说他精通厌镇的法术、诛杀鬼神的技巧，患者来求诊者络绎不绝。

其实，蒋天华很明白，哪里有什么鬼神啊，鬼门十三针首先是用银针刺激患者神经，结合心理疗法通过心理疏导对患者的实际情况作出情绪释放，用治标又治本相结合才取得成效的。

说话间就到了十年动乱时期，蒋天华成了传播封建迷信的典型代表，整天挂着大牌子挨批斗。

有一次连他的妻子也被拉上陪斗，竟然是和即将押赴刑场执行死刑的三个犯人站在一起。

在刑场亲眼目睹了枪毙人的场面后，他的妻子一下子崩溃了。痴痴呆呆回到家中，一直沉默不言，神情抑郁，不愿意吃饭，还时常会发作呕吐。开始蒋天华以为是被吓着了，但第二天开始大小便不注意卫生了，时悲时喜，时哭时闹，开始胡言乱语。蒋天华知道，必须用鬼门十三针了。晚上，他拖着疲惫的身子，把妻子安排到治疗床上，开始轻言细语地问她："你是哪方人士啊？"妻子东拉西扯，言不由衷。蒋天华陆续针灸着鬼宫、鬼信、鬼垒、鬼心、鬼路等穴位，但是她就是不能说出最根本的东西来。蒋天华想了想，拿来两根带棱的长铅笔，逐渐用力夹住她的右手中指，到了一定的程度后她开始喊疼了。蒋天华再问，妻子开始说话了，最早说自己是这个人，一会儿又说是那个人，再过一会儿又说是被枪毙的人中的第三个人。最后，身体一放松，陷入了沉睡之中。直到这时，蒋天华才出了一口气，放下了心。等妻子醒了过来，他又给用了一些开窍化痰的药物，第二天早上就基本上好了。可是哪里想到，第二天她又被拉去陪斗，结果病情复发。连续多天后，蒋天华的鬼门十三针已经无能为力了，妻子在精神分裂中度过最后的时光，不到六十岁就去世了。"唉……"蒋天华长叹一声，颓然地低下了头。从此以后，对这种治疗方法失去了信心。

改革开放时期，不到七十岁的蒋天华被当作宝贝级的人物挖掘出来，有关部门请他回到中医院专事针灸。他伸出整天拿打扫厕所的扫帚铁锨将近十年已经布满了老茧的双手，盯着骨节变粗变形的部位，半天后眼睛湿润着摇摇头："我恐怕做不了这项工作了……"

生活毕竟安定了下来，他的心中也萦绕着鬼门十三针的情结，就又慢慢对着穴位图轻轻捻动着拇指和食指，不长时间后还是在中医院坐专家门诊了。但是据找他治疗过的人说效果很差，随后就门庭冷落了。最后，他清醒地知道自己已经不能再进行针灸治疗了，就静下心来认真总结原来的经验，写出了《蒋天华鬼门十三针医案》一书。现在，蒋天华去世将近三十年了，可他的这本书的价值越来越重要，已经成为针灸专业的必读书目了。

越窑脉枕

朱海涛为人沉稳,是名医张友星的弟子。医生是一个救死扶伤的职业,特别在用药上,若不小心谨慎,就会出大事。师父对他关爱有加,觉得他以后会是一个不错的医生。朱海涛出徒时,张友星送给了他一个家藏刻花如意头越窑脉枕。

这件古色古香的脉枕,造型别致,制作精细,釉色晶莹。上刻稀疏缠枝花叶纹,除底面外均施青釉,正侧面下方有一圆形透气孔。闲暇时候,朱海涛看着看着,就不自觉地攥紧了手指,暗下决心一定要谨慎行医,绝对不辜负师父的期望。

朱海涛在阳都城北开起康生堂,他的案前就放着这个越窑脉枕。他让病人把手腕放到脉枕上,自己搭手把脉的时候,就感到如师父在跟前一样,能气息平稳,心思澄明,各种脉象都能清晰地分辨出来。几年下来,康生堂没有大的繁荣,也没有出现什么事故,他比较满足。

这天,一患者上门,只见他四肢不举,身体如塑,目闭口张,不能说话。什么大便秘结,小便近无,心腹胀满,一切全靠家人代替介绍。朱海涛在这越窑脉枕上一搭手,就感到脉象沉中犹有带弦带滑之象,诊断为"但表不里",开出承气汤让他回去服用。两天后病人复诊,不但没有没有好转,反而更加气息奄奄。朱海涛看病人毫无泻下通便的征兆,先想到师父经常教导的用药要谨慎,但又感到自己的诊断没有错,犹豫一番后还是将每服承气汤中大黄的用量加到了最大量,他估计服用一剂后应该就见效了。

可是,病人服用后第二天仍无动静,这时候朱海涛急了,再次诊脉后急火火绕过案桌过来看舌苔,不小心竟然把越窑脉枕带到地上摔碎了。他心疼不已,赶紧弯腰一边从地下捡拾碎瓷片,一边思考着对策。突然,他心中一动,既然看得准,那就继续加大用量就是了。他把碎片放到案角上,坐下来狠狠心把大黄的用量加到了一两五钱。

服用一剂后,患者眼睛有时候能转动了。两剂后,舌上胎刺尖芒消失,能开口说一两句话了。

这时,他把老师赞许的沉稳扔到了脑后,先后用柴胡清燥汤,承气营养汤不断调整着,第八天再开始服用大承气汤,在半个月中他竟然让病人服用了十二两大黄。在他的治疗下,病人逐渐开始吃点稀粥,经过两个月的调理后彻底平复。

朱海涛通过这个病例思考了很多,回想自己之所以大胆起来,是因为看准了患者邪结程度之深浅,特别是病人目闭口张这个症状,单纯看应该是虚脱特征,可在这里应作实极似虚论,所以放胆用大承气汤,能连续开出半个月的泻下药。

病人治愈,他也才静下心来让修补瓷器的铜匠来把师父赠送的越窑脉枕重新修补起来,此后他经常会凝视着就进入了沉思状态。

当另一位已被几位医生拒绝治疗的患者上门时,他也想拒绝收治。这个病人已得病七日,面红目赤,满口如霜,四肢冰冷,头汗如雨,谵妄无伦,多日不排小便,全身布满紫黑的癍疹,诊其脉六部全伏。朱海涛轻轻按了按紫黑癍点,觉得尚松活轻软,浮于面皮,疫热还有外散之机,所以仍有治好的希望,但有多大把握却不好说。这是个大热症,已经进入热深厥深阶段。他稍微犹豫了一下,当眼光接触到那个越窑脉枕时,就想再冒一次险了。别的医生认为已经没有救治的希望了,是没有看透关键所在。他和病人家属沟通:"这个病非常危险了,不好好治疗最多还能活十四天。我准备要用猛药,争取死中求活,力争给治过来,但不能保证治好,你们作决定吧。"

病人家人和患者商量后决定接受朱海涛的治疗,朱海涛开出的药方中石膏用量八两,犀角六钱,川连五钱。他告诉患者:"去抓药时药铺可能有疑问,但你们不能动摇,必须按量服用才有效。"果然,药铺觉得是医生误开分两了,认为两是钱之误,钱是分之误。但病人亲属坚持,药铺只好再三嘱咐要好好思量再决定是否服用,才给抓了药。病人求生欲望强烈,毫不犹豫地服用了下去。两帖后病症稍有减轻。朱海涛去掉方中的伏龙肝,又吃两帖,黑斑变紫。病人先后服药十五帖,用石膏六斤,犀角七两,黄连六两,终于转危为安,经过调理,病人彻底痊愈。

通过冒险治疗这两位病人,朱海涛在亲身实践中对中医有了更深的理解,他也声名鹊起成了名医,康生堂经常患者盈门,生意火爆起来。

师父赠给他的越窑脉枕一如既往地摆放在他的案桌上,他在为前来诊治的患者把脉时,次次都让他们把手腕放在上面,然后才沉稳地搭上手去……

人与羊

　　金针张的院子里养了很多只羊,患者进门后首先闻到的是骚膻味,脚下随时会踩碎一粒粒花生米大小的羊粪蛋儿。但为了治好眼疾,这一切都得忍受。因为金针张医术高超,能让病人重见光明。王树茂来求他治病时,是捂着鼻子飞快地跑进来的。金针张冷冷地看着他,慢慢把眼光移开了。

　　王树茂来到他的诊案前,才不情愿地把手从鼻子上拿下来。好似根本没有他这个人存在,金针张连眼也没抬。他凑上前来,急切地说:"张医生,我的眼睛越来越看不清了,求你给治治。"

　　金针张没有理他,而是将眼光转向院子里,亲切地看过那一只只羊。王树茂有些不安了,脸逐渐变红:"我、我、我……"金针张的眼光从羊群里扫视了回来:"你知道羊喜欢吃什么吗?"王树茂这时脸上开始出现了讨好的神色:"青草、豆饼、盐。"

　　金针张从抽屉里拿出一点钱,笑吟吟地递给他:"羊得增加点养料,你去给羊买十斤豆饼、三斤盐来。"

　　"这、这……"王树茂一时转不过弯来。

　　金针张笑眯眯地:"怎么,这很难吗?"

　　"哦,不难,不难。"说着就急火火地离去了。

　　待王树茂把东西买回来的时候,着急的神情已经被磨掉了不少。看他比较安静了,金针张招呼他坐下,先把了一下脉,然后掀开眼皮仔细观察了一下,说:"还能看见光亮,光泽莹彻,能治,能治。"

一听能治,王树茂又急躁起来:"那就赶快吧。"

金针张回身向椅背一靠,冷冷地说:"赶快?我说了算还是你说了算?"

王树茂的脸又涨红起来:"你说了算,你说了算。"

"好!"金针张把案子一拍,然后转移了话题,"你看,我这羊应该出去放几天了,你刚才说了羊是喜欢吃新鲜青草的,到外面放牧容易得到全面的营养,能增加运动量,符合它们善于奔跑的习性,同时接受到日光的照射和各种气候的锻炼,有利于羊的生长发育,增强对疾病的抵抗力……"

王树茂非常迷惑,不知道金针张为何又扯到羊的身上去了,但他知道金针张能治好他的病,所以只能洗耳恭听着。金针张笑了笑:"你看这样行不行?你来帮我放十天羊,十天后我免费给你治好眼,你搭上几天工夫,但省下一笔钱,我的羊也享几天福,这应该是划算的。"看他还在犹豫,金针张语调更加舒缓,"家中要是有其他事情,只能先让别人干着,你现在治疗眼病是最主要的事儿。"

王树茂小声嘟囔了一句:"为什么……"

"为什么不现在就治啊?"金针张大度地笑笑,"我是医生,这事只能我说了算。再说了放放羊,慢慢在野外转转,也是有好处的!"然后再问:"怎么样啊?"

王树茂想了想,实在没有别的办法,只好答应了下来。

虽说是答应了,但在心里是并不情愿的,王树茂憋着一股气儿,非常着急但又没有什么办法,也就只好每天赶着金针张的这群羊出去放了。想到自己离家一百多里路,若是跑回去十天后再回来,搭上路费不说,治疗费肯定也是不小的一笔钱。几天后,他终于慢慢平静下来。整天与羊在一起，他的急脾气也逐渐改变了一些。

金针张说话算数，十天后主动叫来了他："怎么样了？"王树茂说："好像更看不清了。"金针张说声好，就开始用自己制作的金针为他做拔除障翳手术。金针张让他先用冷水洗眼，以便让眼中障翳收缩凝定一下，然后用左手拇指和食指撑开他的上下眼皮，让他使劲向鼻子的方向转眼珠，并尽力向外瞪着。金针张先用开缝针在眼球上刺出一个小眼儿，再插入尖细毫针向上斜回针锋，贴着障翳内面往下拨动，王树茂根本没有感到疼痛就去除了眼内障翳，经过包扎处理，金针张又嘱咐一些注意事项，就让他回家了。

王树茂临行前，金针张告诉他，几天后去掉包扎，视力就会恢复。并解释说，自己是从刺拨羊的眼睛练就这一本领的，所以才每治好一位病人，就买来一只羊养着，让它自然生长，老死后郑重埋葬。这次免收治疗费，让放十天羊顶替，也是自己对羊的一种报恩方式。

这时候，王树茂才明白了自己所做的这件事情的意义。

当金针张的好友问起这件事时，金针张解释说："病人刚来时，障翳还比较嫩，还不能向外拨。让他去放羊，他会又气又急，能促进病灶成熟。几天后脾气一磨平静下来，再做手术也便于恢复。这病的根源就是躁急善怒、肝气冲上郁结而成，不逼着他把脾气变慢，以后怕还会复发的……"

肖像画

人面疮是一种怪疮,长得像人的五官,有鼻子有眼睛还有嘴,一般是长在胳膊或腿上。但阳都大户袁家的小姐袁雪芬却在左太阳穴部位长了这么一个毒疮,光滑的面部又突出了一张高低不平的小脸,显得奇丑无比,狰狞恐怖。每到半夜时分,那张小嘴便张开,整个疮面显示出笑的模样,这时她的整个左脸就里面痛得撕心裂肺,外面奇痒难忍。她的哭号之声在深夜传得很远,听到的人都有一种心惊肉跳的感觉。袁雪芬苦不堪言,寻死觅活,家中只好派人先看住她,同时赶紧请医生诊疗。

西门外的济生堂有个大夫王谦,时常在家中写写画画,很多人认为他不务正业,所以生意冷淡。但他倒是知足常乐,凭手艺能养家糊口就满足了,并不去追求大富大贵。袁雪芬家里人四处询问,终于找到了王谦大夫这里,听他应承说能治疗这种病症,就把他请来了。阳都的很多医生根本不认识这种病,更不用说治疗了。尽管并不怎么看好他,但家人也没有别的办法。

他诊断后说道:"此症初起之时,必然疼痛发痒,以手搔之方渐渐长大,随后渐渐露形,才成了这个样子。病情的轻重就看这张小脸的变化,如果它在笑就疼得厉害,不笑就疼得轻一点。"

听他说得准确,袁雪芬也安静了下来。

王谦又徐徐说道:"此症是自古传来的一种奇病,乃债主索负之鬼结成的,治疗也有特殊的要求,用我开的药后也应同时以念经拜佛方为有效。"

俗话说，病急乱求医，这个时候王谦说的话对袁雪芬及其家人来说，简直就是至高真理，无有不听从的。

袁雪芬看王谦开的方子，写的是"人参半斤，贝母三两，白芥子三两，茯苓三两，白术五两，生甘草三两，白矾二两，半夏二两，青盐三两。"遵照他的嘱咐，拿来药后，逐一碾为细末，用米饭拌匀搓制成小丸，袁雪芬每日早晚白滚水送下，同时拿起了佛经，认真念起来。

由于精神得到安抚，又加上笃信王谦的治疗方案认真服药，袁雪芬逐渐安静下来，人们只听见"观自在菩萨，行深般若波罗蜜多时……"的念经声，再也听不到她的痛苦呻吟。王谦来过几次以后，只见大如茶盅的人面疮，开始出现愁眉神态并渐渐缩小，袁雪芬渐渐高兴起来。

作为大户人家小姐，她平时也喜欢涂抹几笔。在病情如抽丝一般好转后，袁雪芬就又拿起了画笔。过了一段时间，王谦治疗的神奇之效愈加显现出来。她那患病的部位已经完全治愈，并且一点疤痕也没有留下，爽朗的笑声又在庭院里响起来了。家人发现，这个时候她画画更加勤奋了起来。

人都说一家女百家提，袁雪芬家庭好人又长得漂亮，上门提亲的当然也不会少。她这个家庭早已接受新思想，对她的终身大事绝不包办，家人觉得合适的就去征求她的意见，但她总是摇头，然后就开始念经了。家人尽管觉得有些好笑，但知道她骨子里是不同意的意思，也就算了。

一次次都是这个样子，袁雪芬的母亲着急了，就注意留心起女儿的心思来。这天，她正在凝神作画，母亲在一边站了半天她都没有发现。等收笔时她才看见母亲，于是马上就红了脸，赶紧将刚刚画完的这幅画一把抓起来,团成一团扔到了墙角。但母亲早已看明白了,心里一直咯噔着,只是没让女儿看出来。

看到袁雪芬有些手足无措的样子,母亲赶紧拉住她的手,一起在凳子上坐了下来:"闺女啊,人得接受现实啊,你喜欢他整天画他他哪里会知道啊,你这样苦自己也太傻了啊。再说了,人家这个王大夫是个有家有业的人,现在的社会已经逐步开明了起来,不能三房四妾的,你这就是枉费一片痴情啊。"

"娘——"雪芬的脸羞成了一块大红布,"你说哪里去了,人家就是画着玩的啊,俺不是都念经嘛,这辈子俺就和娘过,俺不出嫁。"

不久后,袁雪芬被逼着和一个比自己大很多的陌生男人结婚,她坚决不同意,竟被硬抬到了男方家里,在举行完拜堂仪式后,她趁人不备一头撞了墙,再也没有被救过来。

人们想起从她家中抄家抄出的一大厚摞肖像画来,仔细研究后才和王谦对上号。但王谦多年来散散淡淡,日子一直过得磕磕绊绊,看他那副贫穷的样子对他也就没有追究什么。

知道了袁雪芬多年中为他画肖像的消息后,大大咧咧不拘小节的他好像突然换了一个人样,沉默了下来。

多年后,王谦去世前,固执地用手指着梁头上的一个破旧篮子,儿子过去拿下来发现是认真地折叠在一起的他画的一些画,打开一幅是一个年轻的女人肖像,打开一幅还是同一个年轻女人的肖像画,王谦示意着让儿子全部烧掉后才长出一口气闭上了眼睛……

西瓜霜

中医左永福很喜欢吃西瓜,所以经常到郊外挑选几个,然后带回城里慢慢享用,时间长了就认识了一些瓜农。

阳都出产的西瓜圆球状,青绿皮上镶嵌深黑隐形花纹,瓜皮坚韧,耐贮耐运,是当地名产。阳都西瓜个大皮薄,大红色沙瓤细脆多汁,清甜爽口,食后满口留香。但是,由于家家种瓜,有时就供大于求,价格低还卖不出去,这个时候瓜农就来了愁。

这天,左永福又去买瓜时,在地头上见到了老卖主老梁,只见他正在愁眉苦脸地抽着烟,眼睛空洞洞地看着遍地西瓜,不时地长叹。左永福心里咯噔一下,自己光知道西瓜贱了贪图便宜来买瓜,怎么就没想到瓜农的苦楚呢,心中不由得生出一丝惭愧,也在老梁身边慢慢蹲了下来。

老梁扭头看了他一眼,起身走出几步,挑一个又大又圆的瓜抱了过来,右手攥起拳头用力砸了下去,西瓜一下子裂成了几瓣,他拿起连着含糖量最高的中心部分的一大块西瓜递过来:"左大夫,吃!"

左永福接过慢慢吃起来:"比往年收入得少多少啊?"

"一亩产量在六七千斤,以往收入六千块钱应该没有问题,现在卖不上钱恐怕千儿八百的也就撑天外去了。"说着,老梁又长叹了一声。

随着交谈的深入,左永福知道老梁的老婆患了绝症,需要经常化疗,花费很大。可祸不单行,他的房子前不久又因为电线老化引起火灾,家中物品几乎全部化为了灰烬。满指望借这一季丰产的西瓜多收入几个钱,缓解一下家庭的困难,哪里想到偏偏又卖不上价,眼看着的希望又要落空,他怎能不愁?

左永福想了一下,又问道:"你一共种了多少西瓜?"

老梁唉了一声:"一亩多一点。"

"这样!"左永福拍了拍老梁的后背,"刚才经过品尝,我看中了你的瓜,你明天给我先送三千斤过去,过些日子我再要三千斤,我按两块钱一斤买你的,你看行不?"

老梁一怔,随即摇头:"那怎么行? 市面上才一两毛钱一斤,你为什么破这么大的价格呢? 你是可怜我?"

"不是! 你听我说,你得挑最好的,你得给我送去,你去后还得帮着我干活,我也不是用来吃的而是用来制药的,我制成药后药的价钱就高了所以还能挣钱,所以价格这样是完全应该的。"左永福诚挚地解释着。

第二天,老梁用小推车给左永福推来第一车西瓜的时候,发现左大夫已经在院子里背阴通风处垫着光滑的石块安下了十口崭新的大瓦缸,缸盖也都准备好了。

就这样,左永福在老梁帮助下,先把西瓜外部用清水洗干净,待晾干皮上的水点后,再用刀将西瓜切碎,在缸里放上一层西瓜,接着撒上一层芒硝,再放上一层西瓜撒上一层芒硝,装满后将缸口封严实。然后,再用同样的方法装满下一缸。最后十口缸全部装满,正好用了三千斤西瓜。

老梁拿着钱离开的时候,脸上终于泛出了笑意,脚步也轻快了起来。

几天后,瓦缸的外壁上开始往外渗出水珠。随后水珠逐渐变干,变成一层白色的结晶体。这时,左永福就会拿着一个容器,在缸边小心地往下刮着,将这些白色粉末收集起来。

老梁把自己的瓜卖了一个好价钱,心里一边高兴又一边也产生出一丝不安来,这种复杂心态让他对左大夫满怀着感激,所以闲暇时候就会跑到左永福这里来看看。

看到左永福收集起来的白色粉末,他问道:"左大夫,这是什么东西啊?"

左永福用一个小匙子沾了一点让他放入嘴里尝尝,刚入口老梁就呸呸地吐起来:"有点咸,不好吃,甜甜的西瓜怎么会变成这种东西?"

左永福笑道:"这叫西瓜霜,性咸、寒,入心胃大肠经,西瓜霜是一味中药,能清热解暑泻火,有消肿止痛等作用。"

他们两个人正在轻松地说着话,突然就听到院外传来嘈杂声,并夹杂着呼叫左大夫的声音。

左永福马上走了出来,只见有二十几个瓜农,都推着装满西瓜的小推车,说是听说他收西瓜就给他送瓜来了。

左永福一惊,随即想解释:"我、我、我……"

那些瓜农本来就是抱着有枣没枣打一棒槌来的,一看没戏也就不听他解释了,嚷道:"反正不值钱,你要是不要俺也不往回推了就扔这吧。"

看到瓜农倒在地上的一个个溜圆的大西瓜,左永福脸色凝重陷入了沉思,老梁什么时候走的他也不知道,半天后他快步向县政府走去……

不久,县城西郊建起了一个专门生产西瓜霜的工厂。人们发现左永福的诊所已经关了门,他一直在这里忙碌着。随后,一家生产西瓜霜含片等系列产品的工厂也建立了起来。

直到这时,左永福的小诊所才又重新开业了,他悠闲地坐在诊案前,迎接着一个个患者……

举　措

新局长上任,局里乱腾得像一锅粥一样。

"我是你们局长,我和黄晓娜睡过多次,也给过她很多好处,她对我一直甜言蜜语,这次竟然没有给我烧点纸钱,你这个无情无义的贱东西,我绝对不能饶了你……"

老局长死了,是出车祸被撞死的。这事一出,局里又是搞生平介绍,又是安慰家人,忙乱了几天。人们才安定下来,刚喘了一口气,又出事了。不知怎么回事儿,办公室副主任突然精神失常,在办公室里口无遮拦地模仿着老局长的口吻说起了刚去世的老局长的风流韵事来。

其实关于老局长,确实有很多不检点之处,尤其是他和办公室主任黄晓娜的交往,都发展到了明铺夜盖的地步了。但他活着的时候人们都心照不宣,保持沉默。

但是,从来非常老实本分的办公室副主任不知为什么突然大胆起来,不停地抖露着老局长的一些隐私。开始人们颇看不起他,觉得死者尸骨未寒,这样显得不地道。后来看他的样子,好像患了夜游症一般,自己说什么自己也控制不了。再后来人们才觉得,这是局长的亡魂在借他的口说话,这说明他平时少言寡语,但心理压力大,心中有很大压抑感,所以局长去世后他自己一放松就出现了精神问题。

问题的严重性在于,黄晓娜听他这样的话,脸上红一阵白一阵,眼泪哗哗地往下流着,眼皮都肿大了起来。她有丈夫有孩子,这样的情况继续下去于她很不好,对于家庭生活也会产生很多后果。再说局里有这么一个疯子吵吵闹闹的,会影响单位的形象,实在不像话。

于是,局里把副主任送到了地处城北的精神康复医院,但是据医院反馈的信息治疗效果不明显,他继续在医院中散布老局长的一些负面信息,已经在其他患者的家人中产生不好的影响,这样下去怕是会出现一些连锁反应。医院感到病人情况特殊,建议让他回家静养或是转院治疗。

新局长沉吟了半天,在班子会上说道:"我平时爱翻翻有关资料,浏览一些网络信息,我觉得,这应该是老局长的鬼魂附在了病人身上——哦,我们都是唯物主义者,不应该相信这个。但有时候死马当活马医,会产生意想不到的效果。何况古代中医典籍中确有此类记载,说是用鬼门十三针就能治好,咱们也不妨试一试,也许会给病人带来福音。"

黄晓娜插言道:"中医博大精深,我们就按照局长说的,赶紧请这类医生给他治吧,再这样下去我就被他毁了。"

"鬼门十三针?"很多人头一次听说觉得很神奇。

局长解释说:"传说是张天师发明的,就是利用针灸人体十三个穴位的办法来治疗精神方面的疑难杂症,这种运用不同穴位的针灸机理,往往能针到病除,疗效独特,咱们阳都界湖的王希纯就特别擅长,请他来治疗吧。"

王希纯为人正直,多年来他一直精心钻研鬼门十三针。二十岁因直言社会弊端被打成右派,现在已经八十多岁了,但仍然脾性不改,对社会弊端深恶痛绝。近年来,因年事已高已很少出门为人治病,就是在家中也很少接诊了。这次听说了病人情况后,他欣然答应亲自为病人下针。

人们把办公室副主任送来时,他还是手舞足蹈的,仍然以原局长的口吻兴奋地诉说着老局长的一系列劣迹。

王希纯听了几句后,就手拿银针走了过来。按照常规他应该逼视着患者口气严厉地追问他是谁,在他承认是谁并且求饶时放他一马,病人就会随即康复的。但王希纯一生疾恶如仇,对贪官污吏特别痛恨,所以这次他没有按常规处置,而是二话没说,直接第一针就把鬼封的穴道扎上了。传说这样就是把附身的鬼魂没给留后路,直接扎死了没给悔过和逃走的机会,在师傅传授时,要求一般是不应该这样的。鬼封穴在舌下中缝位置,一针下去血就被刺出来,再横着安针一枚,隔开两口吻,令舌不动。患者喉头咯了一下就没声,光喘气了,在人们的惊诧中,唰唰两针又扎下去了。

说来也怪,办公室副主任逐渐安静下来,好似睡了过去。人们耐心等待着,过了一会儿才清醒过来,醒来后就恢复到了发病前的状况,病好了。

几天后,新局长召集专门会议研究人事工作:"本来我刚来,不应该动人,但大家也知道,经过这一番,黄晓娜的办公室主任,还有得过病的副主任,显然再在办公室工作不合适了,大家议一议是不是动一动更好啊?"大家都没有意见,一致通过,两人分别被安排到了远离新局长的一些更重要的岗位上。

新局长心里说,两个定时炸弹搬走了才能有好日子过啊。

毛　病

电视里在播送精彩的节目,李黎明正看得津津有味。

"呃——"妻子突然打起嗝来,"坏了,老毛病又开始了!呃——"

李黎明转过头:"快扼腕,报纸上介绍过,扼腕可以止嗝。"

妻子立即两手扼腕:"够呛,你这个办法过去试过多次了,哪次顶用来? 呃——"

果然,妻子越想止住打嗝,却越止不住。

李黎明又说:"今天,我在办公室时,来了一个小伙子,他说和你是同学,想见见你,找到了吗?"

"嗨,你别好笑了,你这是让我转移注意力。止不住啊,呃——"妻子一眼又识破了他的意图。

李黎明站了起来,妻子立即随他转过头:"你又想到我身后,猛吓我一下。呃——去,别吓唬我,不管用的。呃——"

"那我的确没有办法啦。"李黎明又坐下看电视去了,但他总感到电视节目不如刚才精彩了。

妻子继续在打嗝。

看到她那难受的样子,李黎明起身道:"我去找李医生,听说他新进了一种药,能治打嗝的,不知是否是真的。"

他拿药回来时,妻子正在屋内急得团团转,仍在不停地打嗝,眼泪都流了出来。

"快,快,快吃了这药!"他急急地说,"这药叫诺依诺哈,是专治打嗝的特效药,李医生说包你一吃就好。"

"真的,"妻子也兴奋了起来,"呃——"

他急急忙忙倒了一杯开水,端给妻子。

"两片,说开水冲服。好——你是不是感到有一种热乎乎的感觉从口腔向下滑动?"妻子刚吞下一口水,他就紧追道。

"是啊,有这种感觉。"妻子说。

"这就对了,李医生说这种药只要有这种感觉,就有特效。你再继续体会,是不是这种热感正向丹田下沉?——噢,下沉,下沉就对了。——是不是又向全身扩散了?噢,扩散了,对了对了,李医生正是这么说的。——现在是不是全身有一种温热感?——有,有就对了。"

经过李黎明这一阵紧张地折腾,连珠炮似的发问,妻子的打嗝在不知不觉中止住了。

李黎明松了一口气。

妻子也高兴了起来:"啊哟,这药真灵。新药就是疗效好。噢,这药叫什么来着?"

李黎明强忍住笑:"叫诺依诺哈。"

"诺依诺哈。从这名字看,肯定是进口药。很贵吧?"妻子一边琢磨药名,一边问道。

"哈哈,"李黎明终于忍不住了,"什么诺依诺哈,是我胡编的,骗你的! 其实你吃的是健胃消食片,刚吃了晚饭,吃了没坏处。"

"啊,你骗人,那这能管什么用? 怎能治打嗝? 呃——"妻子又打起嗝来。

李黎明怔住了,两手一抱头:"唉!"

神　药

阳都名人赵仲景,系祖传中医。他的绝招主要是配药。只要他说能治好的病,往往用一服药就能治好,所以他配的药被称为"神药"。

有一次,村人孙善化早晨刚起床就发现了可怕的事,遂大叫一声,昏倒在地上。原来床头上有三条长虫——阳都人管蛇叫长虫——在蠕动!家人慌慌张张,掐人中,浇凉水,忙了半天,孙善化才醒了过来。

这天晚上临睡前,他让家人一次又一次看床,确认没有长虫后才躺下。可一合眼,三条长虫又在眼前蠕动起来,他又"啊"的一声,吓黄了脸。从此,他只要一闭眼就看见三条长虫,竟成了重病。

第二天一早,孙善化在家人的陪同下,到阳都城西南角的诊所找到了赵仲景。

听孙家人叙过病情后,赵仲景一边给孙善化号脉,一边从掉到鼻尖上的眼镜后翻起眼皮,盯着他,过了半天,眼珠一转,慢声细语道:"此病好治。"

孙善化脸上开朗了一些,家人也高兴起来。

"嗯——不过,今天拿不到药,我得专门配,明天来拿吧。"他又平缓地说。

"行,行,行。"他们答应着但又不放心,"赵大夫,这病真能治好？"

"哼，不信就快走！"赵仲景生气了。

"信！信！"

"那好，明天让病人自己来！"

尽管又是一夜未合眼，孙善化还是拖着疲惫不堪的身子，在天刚蒙蒙亮的时候就来到了赵仲景的诊所。

"我给你配了两丸药，回去吃了，病就好了。"赵仲景一边说，一边拿出两个比拳头还大点的外边像打了一层蜡的黄药丸，递过来。

孙善化接到手里，感到沉甸甸、硬邦邦的。

"这药，必须囫囵着把它吃下去，不的话，你这病就没治了！"赵仲景冷冰冰地说。

"啊，这么大，囫囵、囫囵着怎么吃？"孙善化很是疑惑。

"你的病是从眼入的，回去后，你必须整天瞅着这药丸，一边瞅一边想，到底怎么才能吃下去，瞅出吃法来以后，包你一吃就好。"

听了这话，孙善化笃信不移，回去后果真按照赵仲景说的做了起来。

可他怎么瞅，也瞅不出该怎样才能把这两丸药囫囵吃下去。一整天过去，到晚上，瞅累了，他竟趴在桌子上睡着了。

早晨一醒来，就觉着饿了，向家人要饭吃。

几天过后，他还是没瞅出吃下这两丸药的办法来。

这天，他又来到了赵仲景的诊所，愁眉苦脸地说："赵大夫，我瞅不出来。"

赵仲景意味深长地看着他，问："这几天吃饭了吗？"

"吃了。"

"睡觉了吗?"

"睡了。"

"不见三根长虫了吗?"

"不见了。"

"我配的这药是神药,不吃也能治病。你是病从眼入,药力已通过你的眼起了作用。你的病不是已经好了吗?"

有一次,家里人不小心,将两丸"神药"碰落在地上,摔碎了,仔细一看,竟是两团黄土。

后来,当人们再称赵仲景配的药为"神药"时,孙善化全家皆不以为然,总是撇嘴:"他——那是狗屁'神药'!"

神　医

高恩尘医术精湛,名声很大。他先是学习中医,后又被临沂教会医院的瑞典院长看中,到教会医院学习了西医。学成后,为造福桑梓,他执意回到老家阳都行医。

土匪刘黑七掳掠到阳都时,随行的第五房姨太太突然在大腿根部处长了一个疖子,很是痛苦,于是刘黑七立即派人把高恩尘找了来。

临出门时,高恩尘看到家人都为他捏着一把汗,有的甚至不想让他去,他笑一笑,就气定神闲地提着药箱出了门。

来到后,他才知道姨太太脓疖生长的部位。刘黑七在一边虎视眈眈,很不友好地用一根手指头指着他,连声地问:"你说怎么办？你说怎么办？"小喽啰们持枪站在一边，随时要对他下手的样子。知道刘黑七是既不想让自己看到他姨太太的身体，但又想尽快解除女人的痛苦。高恩尘脸色凝重起来，沉思了半天，抬起头，对刘黑七说："我的意思是先让病灶挪挪地方，然后再动手术，您看这样妥否？""挪挪地方？"刘黑七将信将疑，神情有所舒缓，"好好好，果真能行，刘某将感激不尽，"接着又不放心地问道，"真行，真的管用？"高恩尘没再接他的话茬，提起笔来，唰唰地开出了药方："吃完这三服药，我再来。""这……"刘黑七有些迟疑。他解释道："只是这三天，可能还有些疼，只能忍一忍了。"

高恩尘走后，土匪们都将信将疑，但刘黑七还是坚持让姨太太把药吃了。

说来也真奇怪，三天后在姨太太的小手臂上真的长出了一个新的脓疖，和大腿根部的一模一样。再看原来的脓疖，竟全部消失了，那个地方的皮肤已变得光滑如初，好似根本就没有长过疖。

刘黑七一看，高兴起来："了不起，了不起，不愧是诸葛孔明的家乡。妈拉个巴子的，这些圣人蛋皮就是有本事。"

他身边的人们也都附和着笑起来："碰到这么个神医，太太马上就会好了。"

但人们谁都没有发现，刘黑七的眉宇间，忽然飘过了一丝阴影。

第三天一大早，高恩尘就起了床。只是没有和平日似的走到户外去活动腰身，锻炼身体，而是在他的诊室里不停地鼓捣着一种种药物。儿子不放心，走进去一看，知道他在为今天的手术作准备，就笑着说："这么个小小的手术，值得您这么尽心地准备？何况刘黑七作恶多端，要我说根本就不用给她治。"

他神情严肃地对儿子说："医生是治病救人的，我是医生，只要人有了病，就得去治疗，这是医生的天职啊。"

看儿子不再说什么了，他态度和蔼起来："来来来，你不是想学秘方吗？今天我传你一个秘方，用这几种草药熬成水，治硬伤，能接骨生肌，立即就好。这水就是我已经熬成的，好好保存着说不上就有用处。"

儿子看到父亲并不过多地为今天的小手术用心，也就认真看草药和那药水去了。

高恩尘来到刘黑七处，就立即为五姨太消毒，切除脓疖。刘黑七在一边，一看到他的手接触到姨太太的皮肤，就微微皱一下眉头。只是人们都在关注着手术的进展，并没在意这一点罢了。

手术完毕，仔细包扎好，高恩尘又开出些药，说："吃几天，就彻底好了。"

刘黑七瞪着他问："真的？"

他看到刘黑七眼睛有点红，眼光灼灼逼人，就笑道："放心，保证不用我来第二次了。"

突然，刘黑七的脸一下子拉下来："哼，妈拉个巴子的。我现在才明白，你是什么狗屁医生！既然能让这个疖子挪地方，你直接把它挪走啊，你让它长到别人身上去啊！哼，你竟敢戏耍我。让我太太白挨一刀不说，还让你白摸了几把。气死我了！"

"病灶在人身上长成了就去不掉了，只能挪个地方做手术。怎么能挪到别人的身上？再说了，做手术又怎能不接触胳臂？"高恩尘解释后，又颇为自负地接着说道，"能挪地方的医生你恐怕都不能找出第二个人来啊。"

刘黑七啪地一拍桌子："鸟，拉出去砍了！"

家里人听到高恩尘被杀的消息后，一下子傻了。来到现场，只见高恩尘被从左肩斜着砍成两半，只有右腰部还连筋着。乡亲们劝说着："别难过了，快准备后事吧。"

儿子已哭了半天，这时猛然停住，立即起身，吼道："不，谁也不许动我爹。"

他飞速跑回家，拿来了父亲一早熬成的药水，开始在父亲刀伤处慢慢地对接，每对接好一个地方，就小心地搽上那药水，然后再对接下一处。围观的人们渐渐失去兴趣，走散了。到黄昏时，父亲的伤口都对接好了。他伸手试一下父亲的鼻孔，好似真有一丝气息了，然后就抬回了家。

刘黑七杀人如麻，根本无暇顾及被他杀掉的人。再加上他们是流匪，第二天就离开了阳都。高恩尘得以在家被精心护理着，一个月后就痊愈了，又能出诊了。

后来，他随八路军医院转战沂蒙山区，在消灭刘黑七的战斗结束后不久，无疾而终。

病

方医生从赵老太太手中接过透视单和细胞病理化验结果看了一眼，尽管脸上异常平静，但心里还是起了一丝波澜。不到60岁就得了这种病，千万别扩散了。他怀着一丝希望，让赵老太太向前坐了一点，两手在老太太脖颈上摸了摸。啊，已经扩散到淋巴结上了，顶多还能活3个月。作为一个经验丰富的医生，他知道，现代医学对赵老太太已无能为力了。

方医生沉默了一会儿，平静地问道："家中人怎么没有陪你来的啊?"

赵老太太脸上露出一丝苦涩的神情:"小病小灾的,还用陪啊。"

方医生又考虑了一下,告诉她说:"你没有什么病啊,回去想吃点什么就弄点什么吃,好好养一养就行了。"

"嗨,谢天谢地。"老太太一下子松了一口气,"那俺也不用拿药了,俺走啦。"

方医生看到老太太轻松的神情,犹豫了一下的工夫,老太太已经转身走了出去。

三年后的一天,方医生随送医下乡医疗队来到了阳都李村出诊,来找他们看病的人摩肩接踵。

突然,方医生的眼光变直了。他怎么也难以相信,赵老太太竟扶着另一老太太来到了方医生的诊疗桌前。他判定只能活三个月的那位老太太,三年后竟然身体棒棒地领着别人来看病!

医生这个职业使方医生产生了好奇。奇迹啊,真是奇迹!方医生在给老太太看完病后,把赵老太太留下了:"你三年前找我看过病,你还记得吗?"

赵老太太揉了揉有些昏花的双眼,仔细瞅了半天:"噢,方大夫啊。"

"对,对,"方医生热情地问,"你身体怎么样啊?"

"还很壮实,从那次你给我看病以后,我没得一次病,没吃一片药,棒着呢。"老太太很高兴,身体也的确是很结实。

"哎呀,真是奇迹! 你知道吗? 当时你是得了胃癌,检查时已经扩散了。我认为,说句不中听的话,当时我认为,你最多只能活三个月。为了安慰你,我才没告诉你实情啊。"方医生一兴奋,竟什么顾忌也没有地说了起来。在他的医生生涯中,对病人讲这么多话还是头一次。

"啊,癌!?"赵老太太一下子吓黄了脸。

方医生说:"老太太,你的病这回肯定是好啦,你创造了一个人间奇迹啊。"

方医生热情地说:"来,让我再给你查查。"

不一会儿,赵老太太神色黯然地拿着透视结果又来到方医生面前。方医生急不可待地接了过来,一看,胃上的溃疡面比三年前略小了一些。又摸了摸她脖颈周围的淋巴结,发现淋巴结上仍有许多癌细胞,不自觉地发出了声:"咦,怪了。"

"怎么?"老太太紧张地逼视着方医生。

方医生发现了自己的失态,赶紧说道:"没什么,没什么。"尽管嘴上说没什么,可心里还是感到奇怪,"这里没法做细胞病理检查,请你过几天来医院找我,再做一次检查吧。"

"为什么?"赵老太太的神情更振作不起来了,"方医生你是说我的癌还在长着呢?"

"还不能这么说。"方医生感到有些唐突了,安慰她道,"得等认真检查后才能下结论。"

望着老太太慢慢蹭着远去的身影,方医生感到有点担心,但更多的是惊奇,为什么她的胃癌一点也没有发展,从胃上的情况看,竟然已有好转!

三个月过去了,方医生没见老太太来医院找他看病。于是他抽一个双休日带着做胃镜检查的工具独自又来到了李村,他准备认真为赵老太太查一查,说不定能在征服癌症的道路上做出自己的一份贡献呢。

在村口,一老头问方医生:"你说你找赵老妈妈那个绝户头啊?"

"噢,原来赵老太太是个无儿无女的独身老女人?"方医生知道,在阳都,人们管这样的人叫绝户头,但绝户头这三个字在这里绝对没有贬义。

"唉,这个女人一辈子没病没灾的,上次来了个混账方医生硬说她得了胃癌。那个混蛋医生走后,不到一个月,活生生的一个人竟真的死了。这个混账方医生,真是造孽哟。"

方医生眼前一黑,脑子里空茫茫一片,转身走去。他模模糊糊地听到后面那个老头说道:"这个人是不是有什么病啊。"

研　墨

"走,小鬼,咱们去看病去喽。"

王建安要陪着自己旅里的战士张唯德到阳都城里看病,张唯德感动之余坚决拒绝:"旅长,您有这么多大事,日本鬼子还和咱们在转圈,我自己去就行了,哪能麻烦您啊。"

从去年冬季,日军开始了对沂蒙山区的大扫荡。王建安率领自己的第一旅和日军灵活地周旋,把部队迅速从马牧池带到了外围,摆脱了敌人的合围。随即他率领精干的指挥机构和特务营越过沂蒙公路,隐蔽于水塘崮山区。十余日后敌人又尾随了过来,他们经过芦山再次转战到了外线。

在这时,特务营里作战非常英勇的张唯德的胳膊上长了一个又疼又痒的疮,那疮面就是一张人脸,上边眉目口鼻不缺一样,只是比例小很多罢了。张唯德曾多次掩护过王建安摆脱陷阱,王建安对他也就格外关心。又加上头一次见识这样的奇病，正好也有些空隙，所以王建安决定陪他去瞧病。

阳都东关杏春堂的袁辉岳会治此病，但就是规矩大。不管什么人都得亲自为他伺候笔墨他才给看病，否则任谁他也不给开方子。他说自己有这么点能耐，就得为医生们正正眉头，为他磨墨是对他尊重的表现，如果患者觉得这样干放不下架子，是低贱之人的活计，那医生干不就是承认自己下贱了？

"咱们今天这不是有些空闲嘛，走喽走喽。"王建安一边往外走，一边和张唯德以及几个警卫人员笑着说，"袁大夫不是要求给他磨墨吗，你们都太大手大脚了，到了那儿后这事儿由我来哦，就不要再争了。"

张唯德正疼得龇牙咧嘴，嘶嘶溜溜着说道："那怎么行？我生病我自己来。"

王建安拍一下他的肩头："你啊，我问你，你知道怎么磨墨吗?"看他不说话，王建安口气严厉起来，"那就老实着，看我的。"

王建安出生在一个佃农家庭，少年时聪明好学，但因家境贫穷而无法读书，他有空就跑到私塾学堂外去偷听，所以也学到了很多知识。

到了袁辉岳的诊所，袁辉岳察看过病情之后说："这病名曰人面疮，只要驱毒逐邪去其水湿之气，就能治好。"

随去的人都静静地听着，王建安听他说到这里立即走上前去，拿起砚台边上的墨锭，捏正、抓平，手臂悬起与桌面平行，犹如执笔姿势，沿着圆砚的边壁以顺时针方向画圆圈，重按慢磨起来。

袁辉岳看他手执墨锭用腕和臂的运动来磨墨，显得很专业。开始墨汁很快把研磨的痕迹淹没了，又过了一会儿只见墨锭磨过的地方留下清楚的研磨痕迹，墨汁开始慢慢地将磨痕淹没。王建安见浓度适中了,就恰到好处地停下来。仔细地把墨锭上的水分揩掉,然后才轻轻放下。袁辉岳扫视了一眼,只见墨锭的磨面平滑如砥,没有表情的脸上开始活泛起来了一些,他拿起毛笔用笔尖蘸少许墨在宣纸上点一下,只见墨浓如漆、墨点略有渗出,证明磨得很成功,他满意地点了一下头,开出了处方。

王建安他们临走前,袁辉岳双手抱拳在胸前摇了几摇:"看这位客官气度不凡,您怎么会这么一心一意地为患者考虑,可否请教你们之间是什么关系以及客官的尊姓大名?"

王建安平静地说:"我叫王建安,我们之间是同志关系。"

王建安来这一带两年多了,期间协助徐向前、黎玉对山东纵队及其所属部队进行整编,并和日军打了几场漂亮的仗,名头很响。

袁辉岳一听是共产党第一旅旅长王建安,马上流露出尊敬的神情:"贵军所到之处,秋毫无犯。老朽今天又亲眼看见旅长为士兵治病而亲自磨墨,官爱兵如此,这样的队伍怎能不打胜仗!俗语说,人磨墨墨磨人,王旅长真乃大将风度,老朽佩服之至。"

王建安笑笑:"袁大夫谬奖了,我们的军队人人平等,互相尊重。我们追求的未来社会也是一个平等的不分高低贵贱的社会。旅长磨墨和任何人磨墨没有什么区别啊。"

"说得好啊!"袁辉岳兴致高涨起来:"老朽今天愿意送你一幅斗方作为纪念,不知肯纳否?"

王建安高兴地说:"袁大夫的隶书功底深厚,独具风貌,我非常愿意收藏您的墨宝啊,在这里我先行谢谢了。"

袁辉岳铺开宣纸,王建安正要再次拿起墨锭,他摆摆手说:"王旅长,这些足够了。"

只见他对着宣纸,凝神片刻后,迅速提起笔来,饱蘸浓墨,写下了"研墨静功夫,抗战大事业"几个大字。

回到部队后,照着袁辉岳开的方子治疗,十几天后张唯德胳膊上的人面疮就治愈了,他高兴地跑到王建安面前,从衣袖里抽出胳膊:"报告旅长,我的病彻底好了。"随后又嘻嘻笑道,"旅长,您说说你怎么就那么会磨墨呢?"

王建安道:"磨墨是很高雅的事儿,还能培养人的耐心,能锻炼人的毅力。"

张唯德还在眨着眼睛回味时,王建安早对着地图圈圈点点起来。

张唯德看到,紧靠地图的地方,悬挂着袁辉岳写的那幅字,他再次念叨着:"研墨静功夫,抗战大事业……"

花鼓桥

黄昏时分,陈士榘端着一个瓦盆来到了花鼓桥边。从来到青驼寺到现在已经一年了,这中间因和"扫荡"的鬼子周旋,多次离开又回来。这次师直机关在这里进行整军,就又回来住下了。一天的工作结束,尽管很疲惫了,陈士榘还是赶紧去打水准备给房东刘大娘洗脚。

刘大娘七十多岁了,身体已经很虚弱。前几天,陈士榘住下后发现她走路总是一踮一踮的,显出很不舒服的样子。他发现刘大娘好像根本不洗脚,除了是裹的小脚外,可能还是因为脚趾甲长得太长不修剪造成的。于是他就决定给她洗洗脚,剪剪指甲。

和刘大娘说的时候,她开始有些羞涩坚持说不用,经过陈士榘反复讲解洗脚的好处,讲不能露脚是封建宣传,最后才答应下来,但要求说要用花鼓桥北边的水来兑热水洗。陈士榘很奇怪,就问这是为什么。刘大娘告诉他那个地方的水有仙气,当年葛仙翁在这花鼓桥南边的客店住宿时被青蛙声吵醒,他随手写了一张字符扔进南汪里,青蛙立马就不叫了,那水就成了仙水了。陈士榘感到这个传说很有意思,于是就拿着瓦盆去了。来到桥边,他看到的是一座很小的石板桥,但桥两头用鼓型石头支撑着,桥面的青石栏板上刻有一些精美的花纹,叫花鼓桥确实是名副其实。桥边有老乡热情地告诉他,这里真的很奇怪,夏天时候桥南的青蛙叫得起劲,桥北的青蛙从来都没有动静。陈士榘听完后,就赶紧从桥北打上水,端着回去了。

掺上热水,陈士榘伸进手去试了试,感到温度正好,就端到刘大娘面前想帮她脱鞋。"您哥啊,俺自己来。"刘大娘缩回脚去,自己慢慢脱起来。那热嘟嘟的脚臭气息散漫开来,陈士榘感到鼻孔中一阵酸痒,强忍着才没有打出喷嚏来。陈士榘蹲在地上,把瓦盆向前推了推,帮着刘大娘把被裹缠得变了形的双脚放入水中。他看到和自己的判断非常符合,大娘的脚趾甲已经很长了,有的已剜到皮肉中去了。泡了一会儿,他把手又伸进水中,觉得有点凉了,赶紧起来提来热水壶,让刘大娘抬起脚来,慢慢倒入一些热水。再用手试试,觉得水温可以了,才再让大娘把脚放进去。

这个时候,他赶紧拿起大娘脱下来的裹脚布和袜子,到天井里又搓又洗,几次换水后,拧干水分,凑到鼻子跟前仔细闻了闻,觉得一点气味也没有了,才踮着脚给晾到了墙头上。

天越来越黑了,陈士榘回到屋中,点上一盏小油灯,搬个凳子端到刘大娘跟前。给刘大娘擦好脚后,陈士榘把大娘的脚放在凳子上就开始用剪刀给她剪脚趾甲。"您哥啊,你说说,叫你这样……"刘大娘有些过意不去。陈士榘没有说什么,他看到刘大娘的脚趾甲已经很长了,也已变得很厚很硬,他试了试用剪刀剪都很不容易。陈士榘左手轻轻扶住大娘的小脚,右手用剪刀小心地一点点地剪。费了半个多小时后,总算是把脚趾甲剪得差不多了。看到有些地方还需要剔除一下,但试了试还是太硬。"下次再泡后,可能会好一些。大娘,这次暂时到这里,明天我再帮你剪。"这时,陈士榘感到,屋子里的灯头好像更亮了,但周围却更加黯淡了一些。他觉得有些头晕眼花,就使劲摇摇头,才感觉好多了。

第二天傍晚,陈士榘再次端来花鼓桥北面的水来帮着大娘洗脚的时候,师部的警卫员看到了,赶紧过来:"参谋长,让我来,让我来。"

陈士榘笑着说:"你来什么? 这个活计就是我的了。给大娘洗脚,是最轻快的事儿,还是我来。走吧走吧,你们该干什么干什么去。"

这一次脚比较干净,就是泡的时间需要长一些。因为只有彻底泡透,大娘那已经剜到皮肉中的脚趾甲才能剔除出来。大娘长时间盯着他看,他笑笑问:"大娘,您想什么呢?"

"您哥啊,你多大了?"

"虚岁33,"陈士榘知道沂蒙山区的人都喜欢用虚岁说自己的年龄,就这样告诉大娘。

"唉,"大娘擦擦眼睛,"我那小儿子要是还活着,也像你这么大了。"

陈士榘知道,大娘一共有两个儿子,大儿子得病去世,这个小儿子在前年日本鬼子的轰炸中又丧了命,所以大娘才这么孤苦伶仃地过着日子。

"大娘啊，您就把我当您的儿子吧。来，让儿子给您修剪脚趾甲喽。"陈士榘拿起剪刀，又干了起来。

大娘眼睛逐渐湿润，接着泪珠一个个滚落下来，声音低下去："好，好……"

从此，陈士榘只要回到青驼，就来看望刘大娘。一年后，他被调到滨海军区担任司令员，临走以前他再次用花鼓桥北边的水为大娘洗了脚。

1947年4月，作为华东野战军参谋长，陈士榘又回到青驼到桃墟之间，紧张开展着临蒙公路出击战。这天经过花鼓桥，他脚步迟疑了一下，看了几眼桥下的水，还是因战事太紧快速向前走去了……

入 殓

"日本鬼子也太可恶了，过个年、过个正月十五都不让过安稳，老百姓太不容易了啊。"廖容标来到宅科子村，看到被烧焦的房屋，被砸碎的盆盆罐罐后不由得感慨起来，"咱们先去看看乡亲们都回来了没有，有什么需要我们帮忙的。"

廖容标作为四支队司令员，来沂蒙山区后，很多时候都是在周边和日军周旋。这两天住铜井的敌人西行扫荡，翻过凤凰山，经过大安子村，晚上进了宅科子村。由于日军来得突然，在村里养伤的两个八路军战士被他们抓住杀害了。廖容标来到村东头这片路边树丛的时候,躲避敌人回来的几个老百姓正围着这两具尸体,不知怎么处理为好。

廖容标走近一看,眼泪一下子就流了下来。敌人太残忍了,两个战士已经身首异处,地上有一摊血,蓝灰色棉军装上沾了很多尘土,两手还被反绑着。他心里很难过,抬手敬了一个军礼,然后慢慢蹲下来,开始轻轻解战士身上的绳子。

"别动!大正月里,动死人很晦气,对活着的人不吉利啊,廖司令。"有一个村里的人想制止他。

廖容标非常关心群众疾苦,有空就到群众中间走一走,帮着解决很多问题,在百姓中有"菩萨司令"的美称。当时山东抗日根据地小学语文课本里也写有"菩萨司令"的故事。甚至,毛泽东在延安的一次大会上也表扬说:"山东八路军出了个'菩萨司令',他就是我们的廖容标同志。"

正因为如此,所以当地很多人都认识他。

廖容标抬起头来,看了一下劝他的人,声音有些哽咽:"我们不信这个,再说了不动也不行啊,还能让我们的战士暴尸野外?还能让他们被捆绑着下葬?"

敌人用的是新绳子,捆绑得非常结实,战士的手肿胀得很厉害,都变得紫嘟嘟的了。廖容标费了很多劲,但怎么也解不开。不知什么时候,村里的一个人回家拿了剪刀和菜刀,递了过来。有人小声说道:"这些家什儿往后还有法儿使?"这人说道:"廖司令都自己动手了,俺也不怕了。"廖容标感激地看了他一眼,接过来后,和自己带来的战士一起小心地拆解着战士身上的绳子。

绳子被切断后,廖容标把菜刀和剪子递给一个战士:"先拿去让卫生员给消消毒,"他又转向那位老乡,"然后,你再拿回家去用,就没有问题了。"

他先把牺牲战士的胳膊捋顺当,在这个过程中他感到战士的身体还比较松软,看来被杀害不久。他想先弄清这两个战士的身份,于是慢慢把身子给反转过来,逐一翻着外衣和内衣的口袋,但到最后也没有找到一点证明他们身份的证据。

这时,有战士来报告,在一里多路远的南墙峪山上发现敌人。廖容标让三营安排人前去警戒,必要时候坚决阻击敌人,以确保留出给这两个战士安葬的时间来。

这时候,有群众又主动拿来了席子和用高粱秸编的箔,廖容标走到战士的头颅处,轻轻搬起来,慢慢和颈部对准,再用席子卷包起来。这个时候,知道情况后赶来的村干部和群众已经挖好了墓穴。

"由于情况紧迫,咱们不能隆重举行安葬仪式了,大家向这两位同志鞠躬告别吧。"廖容标说完,带头鞠了三个躬。

"同志啊,请你去西天,三条大路你走中间,请您甜处安身,苦处使钱。"一个村干部扑腾跪下,这样连喊了三遍。

有人向廖容标解释说:"这是咱们这里的一种风俗,时间从容的话这个仪式应该在土地庙子前举行,这些话应该是由死者的儿子喊的,这样就很隆重了。"

廖容标和他们一起,开始小心地埋葬这两位牺牲的战士。一铁锨土撒下去,又一铁锨土撒下去。突然,廖容标也开始小声念叨起来:"两位同志啊,请你去西天,三条大路你走中间,请您甜处安身,苦处使钱。"

随后,周围的人都开始喊起来:"两位同志啊,请你去西天,三条大路你走中间,请您甜处安身,苦处使钱。"

喊着,喊着,众人都失声恸哭起来。

1978 年,廖容标让儿子陪着,再次回到了沂蒙山区。这次,他专门重回宅科子村,询问了当年埋葬的两位战士的情况。当得知这两位烈士已被当地民政部门移葬万松山烈士陵园了,他才长长地出了一口气,放下心来。随后,他到万松山,进行了祭拜。当时,他又念叨起了那几句话。儿子没听明白,问他说的是什么,他自顾自地再次念叨着:"甜处安身,甜处安身……"

天水栈

进入冬季了,天水栈作为一个半山腰的小村庄,尽管很朝阳但还是让人感到已经很冷了。《战士报》迁到这里,要用铅字印刷第一版了,作为政治部主任的肖华从青驼寺赶了过来。他感到脚冻得有些麻木,就使劲跺了跺,又向手上哈了几口气,交叉着搓了搓手背,和报社的工作人员就有关问题进行了再次交流,看到报纸马上就要出来,他的心中感到一阵轻松。

肖华看到时间比较充裕,就准备到村子里转转,和老百姓拉呱儿拉呱儿。

报社由于先行到来,对村子里的情况比较熟悉,肖华叫上一个战士就出门了。他们刚向东走出有半里路光景,就听到从一户的庭院里传出一阵阵哭声。肖华问道:"这是?"战士告诉他:"这家有人去世了,应该是正在进行一些仪式吧。"

"咱们去看看。"战士想阻拦,但肖华几步就跨进了庭院。

只见死者还在屋内正面新搭的灵床上躺着,家人们坐在地上一边烧纸一面哭泣,丧礼主事者迎过来:"同志们来了,你们……"

"我们过来就是看一下，"肖华神情肃穆，语调低沉，"入乡随俗，我们是不是应该磕个头啊？"

主事者脸色平和下来："部队的同志，这些道道就免了吧。"

看到肖华坚持，主事者说还需要过一会儿，现在要先入殓："这老人病了很长时间，头发太长了，都觉得这样叫他走了于心不忍，正等着找人来给拾掇一下，再进行入殓呢。"

不一会儿，有一人回来，告诉主事者："我到孙祖街上问了所有的剃头匠，都嫌给死人剃头不吉利，剃头刀子以后就没法使用了，没有人愿意来。"

"这可怎么好，这可怎么好？"主事者急得团团转，死者亲属也都眼巴巴地看着他。

肖华心中一动。最近，他不论走到哪里，总是带着不久前在反"扫荡"中从日军那里缴获的一把理发用的推子，一边和当地老乡拉呱一边给他们剃头。老百姓知道他手中的洋玩意儿叫推子后，就都管剃头叫作推头了。他觉得这样和群众说说话，效果会更好一些。他犹豫了一下，敞开了自己带过来的小包，拿出了那把推子："我来吧。"

"肖主任，这……以后……"陪他来的战士嗫嚅着。

肖华拿着推子，向死者走去。主事者和家人都露出感激的表情，跟在后边。肖华面向死者，先低头鞠了三个躬。死者的长子轻轻抱起了父亲的头，热切地望着肖华。肖华在灵床前蹲下来，右手捏着推子的两个把儿，轻微的咔嗒声响起来。随着咔嗒咔嗒有节奏的声音，死者的头发一缕一缕落下来，理完后死者的面容显得光鲜了很多。为死人理发，很吃力，肖华站起来的时候，感到了腰有些酸，腿脚也有些麻木。

入殓仪式开始，人们将棺材抬入屋内打开，把棺盖放在一旁。

先过来了两个妇女,拿着笤帚,在棺材内认真扫了一遍,当地人叫作扫棺。又有人过来,先往棺底部铺麻杆子、栗子枝,在大的一头放上一个瓦盆,盆内放一缝制布鸡,在棺材小的那头放上一个不大不小的土块。这时,死者净面已经结束,主事者往他手中放上了铜钱。长子抱头移尸入棺,让死者头枕布鸡,足蹬土块,仰面而卧。然后孝子孝孙绕棺一周,看死者最后一面。孝子孝孙持剪刀虚拟着铰向死者衣带,并边铰边喊:"爷呀,留后带(代)!"一切仪式完备后,用两尖钉钉牢棺盖,就是盖棺了。此时,痛哭声再次响了起来。

"放心,有办法的。"返回报社的路上,肖华看了陪他来的战士一眼,"再说了,咱们革命战士,都是不信神不信鬼的唯物主义者,哪能讲究这些……"

第二天,在师部驻地青驼寺,肖华抽空叫来了卫生员,拿出那把推子,嘱咐道:"用酒精给消消毒,让它继续为我们干活啊。"卫生员送回推子来的时候,肖华招呼师部一个会理发的战士:"我的头发有些长了,麻烦你给我理理发。"

几天后,铅字印刷的第一版《战士报》在天水栈问世,发行量也增加了很多。肖华拿着这份印制精美的报纸,高兴地从头到尾地看了一遍。

"不行,咱们得再去看看报社的同志们去。"他吩咐政治部的一个战士,就又往天水栈去……

肖华在沂蒙山区生活了五年,多次到过天水栈,和老百姓很熟悉。前几年,新华社记者在天水栈采访,有个老人说起战争年代,用食指指着自己的头说:"说来你可能不信,肖华——他是将军啊,当年给我剃过头。"然后看着村前宽阔的水泥路,"那时候,这里根本没有像样的路,来一趟真不容易啊。"

烤黄鲫子鱼

后来,韦国清一直记得那次在沂蒙山区用勾皮草燎烤黄鲫子鱼的事情,并一直牵挂着那位老人……

接到命令,韦国清率二纵从休整待命的沂水于 13 日晚向南快速推进,第二天凌晨占领历山、大小白石窝,下午攻占界湖,15日到达和庄、留田、大桥、孙祖一带。他们的任务就是在这里阻击敌四十八师及第七军向七十四师增援,并要协同八纵击溃第八十三师。韦国清白天坚持阵地战,晚上派小股部队主动出击。尽管敌众我寡,但显得游刃有余。

战斗在有序进行着,韦国清将指挥部不断前移,当他走到大桥以西的山膀下时,发现有几间闲房子,适合做临时指挥部,就决定住进去。

在战士们布置指挥部的时候,他发现不远处有一间团瓢屋,于是就向那里走去。团瓢屋里光线暗弱,低矮的小床上躺着一位满脸皱纹的消瘦老人。恍惚间,韦国清一下子想起了自己那位在大革命时期任区农民协会副会长而被杀害的父亲。韦国清俯下身子问道:"老大爷,身体不舒服吗?"大爷艰难地坐起来,张着大口使劲喘着气。韦国清转身安排,抓紧让卫生员过来。卫生员过来检查后,小声告诉韦国清,老大爷病情严重,目前这种战斗环境里随时都会有生命危险的。卫生员让老人服药后,韦国清又问:

"老大爷,吃的东西在哪里?"老人指了指一个三盆子,韦国清掀开一看,里面还有几个地瓜干煎饼。老人艰难地说道:"这时候黄鲫子鱼下来了,要是有几个黄鲫子鱼,就好了。"

韦国清八年前就在这一带工作过,那时他是作为抗大一分校副校长兼教育长从山西上党地区来到东高庄的,他算了一下今天是农历的三月二十五,知道最近的地方就是前天逢集的孙祖,那里有卖海货的兴许还能有黄鲫子鱼。这种鱼一般都是从青口进货,临近黑天在青口海边装车,用一晚上时间推着小拥车推回来,第二天上午开始卖新鲜。到了今天,孙祖就是有这种鱼,恐怕也不是新鲜的了。但看到老大爷这么渴望吃到黄鲫子鱼,韦国清就让两个战士到孙祖街去为老大爷购买。

韦国清安排好后赶紧回到指挥部,问了一下四师、六师的具体战况,得知高柱山、鼻子山的敌人仍然在全面向我方阵地进攻,但我们的战士作战很勇猛,防线很坚固,敌人没能前进一步。

韦国清感到很放心,就想去多陪陪老人家,就又回到了老大爷的团瓢屋。看到老人每说一句话都很艰难,韦国清就指指外边一堆柴草说:"我看你有刨的勾皮草,过会儿咱用勾皮草燎黄鲫子鱼吃吧?"

老人脸上难得地露出了一丝笑容:"你也知道这种吃法?"

韦国清回味道:"八年前我在这里转悠过一段时间,我是在这里学会了用勾皮草燎黄鲫子鱼的啊,我家乡广西那边不习惯吃这种鱼,更没有这种吃法。"

等鱼买来,韦国清发现确实不是最新鲜的了,但已经被卖鱼者轻轻腌制了一下,所以并没有变味。黄鲫子鱼择净洗好,韦国清亲自点燃了已经干透的勾皮草,并用两根细小的鲜柳木棍托着,在火焰上正反熏燎着。不一会儿的工夫,薄薄的鱼身上就开始嗞嗞啦啦响起来,往外冒出的油一滴滴向火中滴落着。这时候,鱼的香味就逐渐开始四散开来。当地有种说法,黄鲫子鱼只有这样吃,才能吃出最正宗的味道来。闻到鱼香,老人又艰难地笑了笑。

韦国清从盆中拿出一个煎饼,把烤好的鱼放在上面,送到半坐在床上的老人手中,然后再开始燎烤下一条。老人慢慢吃着,看着火光前正在忙碌的韦国清,有泪珠顺着腮边淌下来。

到第二天下午太阳向西山靠近的时候,孟良崮战役胜利结束,韦国清他们的阻击任务完成。马上就要离开这个地方了,韦国清趁着战士们收拾指挥部的空隙里,赶紧又带着卫生员去给老人查了一下身体,并尽量多的留下了一些药品,嘱咐老人好好养病。然后,他们就要开始撤退时,大桥村的干部正好支前回来了,韦国清给他们留下了一点钱,认真嘱咐道:"过了明天,孙祖又要逢集了,你们一定去为老人买一次新鲜的黄鲫子鱼让他尝尝鲜。"

离开这里以后,韦国清一路向南又参加了益林战役、涟水战役、淮海战役等,在不断进军的战斗间隙里,他时常好似能闻到燎烤黄鲫子鱼的味道,于是就会不自觉地自语道:"也不知老人家身体怎样了……"

全民微阅读系列

咬　春

"咬春好，咬春好，咬得口粮吃不了。咬春好，咬春好，咬得布布用不了……"

周赤萍刚进入运粮庄，就听到从一户人家院内传来唱歌谣的声音。战斗间隙，他喜欢写作，到每个地方对民间歌谣都热心关注。听到这里，他抬腿就往大门里走去。

今年巧了，大年三十又是立春的日子。作为鲁中军区政治部主任，周赤萍又一次来到了运粮庄，他想看看乡亲们怎么过年，更想就进一步开展生产运动和乡亲们拉呱拉呱，特别是解决怎么抓住目前这一段冬闲季节，加快纺线织布进度的问题。中央号召"发展生产，保障供给"后，周赤萍想在沂南有一番作为，真正做到养活群众，养活军队。运粮庄这个村子在依汶东北方向，传说曾是北宋穆桂英运粮经过的村庄，所以后来就叫做了运粮庄。最近几年，周赤萍率领队伍在周边和日本鬼子打了多次仗，和村里的老百姓很熟悉。老百姓对他没有二味儿，他来这里也感到很实在。

"老表——"周赤萍一开口，就要带出江西口音，但他在"表"字刚要出口的时候就硬生生憋了回去，"老乡好啊——"

"好，好，"男主人热情招呼着，"周主任来啦。"

只见女主人手里拿着一个粗大的红萝卜，正做出让一个五六岁的孩子吃的模样，看到周赤萍来了，就停下来，从座位上站起来娴静地笑了笑。

男主人解释说:"今天大过年的,又和打春重茬在了同一天,这不是就让虎子这孩子咬咬春啊。"说到这里,男人有些不好意思,"这都是老一套了,现在……这不,孩他娘非要……"

"你看你,不就是个风俗嘛,"女人温顺的眼神看了男人一眼,转过头用细细的声音和周赤萍说道,"打春了,咬咬春就是盼着一年风调雨顺,有饭吃,有衣裳穿,就是一个想头罢了,不能算封建迷信的。"

周赤萍笑笑说:"是啊。我老家宜春好像没有这种风俗,但我们那的九江也有这种风俗的,只是我不太清楚到底是个什么样子。咱们这里怎么咬,光小孩子咬吗?"

男主人也放松下来:"大人也都咬一咬,也就是图个吉利罢了。"

周赤萍点点头:"现在还是抗战最困难的时期。咱们要种好庄稼,还要纺线织布,解决好吃饭和穿衣的问题。盼望有个好的收成,过上好日子,这很正常啊! 来,我也要咬春,咱们都来咬春吧。"

当红红的萝卜放到周赤萍嘴边的时候,他一口含住并轻轻咬下来一小块。他慢慢咀嚼着,一股清新的气息在他口腔中渐渐漫散开来的时候,这一家三口就一齐唱起来。他也赶紧随上:"咬春好,咬春好,咬得口粮吃不了。咬春好,咬春好,咬得布布用不了……"

唱完一遍后,周赤萍寻思了一下:"不对,咱们怎么都成孩子了?""布布,布布,这不是孩子的话吗? 孩子说布布,咱们说布匹,布匹显得多啊。口粮也不如改成粮食,我们不但要有口粮,有余粮不是更好吗?"

于是,他们每咬一口萝卜,就唱一遍这个歌谣,孩子和大人由于用词不同,唱的过程具有了一种二部合唱的效果。

咬春结束,周赤萍赶紧提起他最关心的问题:"老乡啊,很快就春耕大忙了,您说说像纺线、织布,怎样才能快一些呢?"

"多点灯熬油呗,还能有什么办法? 反正得等着纺完线,再用拐子把线穗子上的线拐到篗子上,再一步一步地来呗。"女主人显然是个行家。

男主人皱着眉头想了一会儿,说:"除非,纺出线来,有人接着干下一道工序,大家伙着干……"

"咱们咬春了,不是咬得布匹用不了吗? 一定能行!"周赤萍头听后,赶紧起身告辞。

随后,在村子里他把村干部们召集起来,商量如何在春耕以前加快纺线、织布的进度问题,有的干部也反映单家单户干窝工比较严重。

周赤萍的想法清晰了起来,决定立即在村里组织纺织合作社来提高生产效率。几天后,在运粮庄组织合作社的效果很明显,接着周赤萍操持着在全县广泛组织起了各类生产合作社。这年春天,沂南有大批劳动模范受到地方政府和部队的表彰。

多年以后,年事已高的周赤萍定居在福州。1988 年立春这天,突然有沂蒙山区沂南的老乡小名叫虎子的人来拜访,说自己特意转路这里再到云南去看望当兵的儿子,受自己父母委托来看望周主任并一定要和周主任再咬一次春,希望周主任一切安好。当 50 多岁的虎子拿出从沂蒙山区带来的温室大棚培育出来的鲜红水萝卜的时候,周赤萍眼睛湿润了,他刚咬了一口就哽咽着唱了起来:"咬春好,咬春好,咬得粮食吃不了。咬春好,咬春好,咬得布匹用不了……"

暖 墓

"等一等,等一等。"第一位烈士的遗骨就要在万松山南坡安葬的时候,罗舜初赶紧嘱咐,"还有件事情需要办一下,所以等一等啊。"

祖洪忠是西边不远处的隋家店村农民,正在挖墓穴。在村里,罗舜初和他主动打过几次招呼,平常他也就是叫一声"罗政委"就走开去了。这时,他听话地双手拄着锄头把儿停下来。

热风吹进山上的松树林,让人感到已经变得凉爽了许多。罗舜初神色凝重,慢慢抬眼看向正在山前缓缓流淌的汶河,清澈的河水在阳光的照射下呈现出一片片银色光斑,好像巨龙身上的鳞片一样。他收回眼光,缓缓吩咐身边人员说:"到村子里去买些纸钱,我要为这些殉国的英雄们暖墓。"

"暖墓?"身边人不明白,祖洪忠也把疑惑的目光转向了他。

罗舜初以低缓的语调说道:"小时候在老家,我看到下葬时都要在每个挖好的墓穴中焚烧五张纸钱,说就是金、木、水、火、土五行俱全的意思,乡亲们都管这叫作暖墓。这次需要安葬的英雄们,来自四面八方,各地的风俗习惯可能也都不一样,我看咱们就——为他们举行个暖墓仪式,让他们安居在这里,永远不感到寒冷。"

听到这里,祖洪忠心中一动,眼睛有些发热,他忍不住连声说道:"这样好,这样好。"

有人提醒说："罗政委,咱们共产党人不是讲唯物嘛,这样⋯⋯"

罗舜初点点头:"是的,我们树立的是辩证唯物主义观点。"他向西北方向望了望,"在延安的时候我就亲耳聆听过毛泽东同志讲授的《辩证法唯物论》,特别是作为抗大第三期正式学员,我更是系统地学习了辩证唯物主义的世界观和方法论。但毛泽东同志讲要结合中国革命实际,实事求是、一切从实际出发,绝对不能教条主义。"他摆摆手,"呵呵,扯远了。暖墓是一种民俗,是一种丧葬文化,不能简单地和唯物不唯物扯在一起。就这样吧,赶紧去买纸钱吧。"

趁着一个战士去隋家店村买纸钱这一会儿的工夫,罗舜初和祖洪忠攀谈起来:"老乡,咱们见过多次面,也没有好好拉呱拉呱。"

祖洪忠笑笑:"罗政委你们那么忙,光忙着打鬼子去了,我哪里敢耽误你的功夫啊。"

"是啊,我来山东四年了,和日本鬼子还就是没有打过硬仗。"罗舜初转开话题,"咱哥俩讨论讨论吧,我今年29岁了,老乡你多大了?"

祖洪忠说:"我虚岁31了。"

罗舜初赶紧说道:"哦,论虚岁,我30,那你是我的老哥啊。"

他们就这样越说越近乎,祖洪忠心里说罗政委和普通人一样,根本不像个官啊。

纸钱买来后,罗舜初先接过来,轻轻放在地上,用真钱在纸面上压了一遍,然后用左手在前向右,右手在后向左,开始慢慢划动纸片。黄色的纸片转动着散开来,他把五张纸钱作为一份轻轻折叠一下,放到一边。然后再认真地划动一下地上摞在一起的纸张,再把五张折叠成一份。一直到一刀纸全部折叠完毕,他才站起来,舒展了一下腰身。

安葬仪式开始了,罗舜初拿着一沓叠好的烧纸跳进了墓穴。祖洪忠赶紧掏出火石和火镰,也跳下来,嚓的一声打出火星,并慢慢吹出了火焰。纸钱燃烧起来,轻轻翻转着,由黄变黑,由黑变白。暖墓结束,烈士的遗骸被认真掩埋了下去。

两年后,罗舜初奔赴东北战场,离开了工作战斗六年多的沂蒙山区。祖洪忠一直在隋家店村务农,心中总忘不了他和罗政委在万松山的那次亲密拉呱,他不断念叨罗政委的踪迹,叙说着罗政委在海军、在北京、在沈阳的情况。

罗舜初对沂蒙山区也有深厚的感情,1981 年他在沈阳病逝前,嘱咐家人和身边人员,要把自己的骨灰撒在万松山上。

这年,祖洪忠年近七十,也已经老态龙钟了。他听说罗政委要回万松山了,一早就拄着拐杖来到了山上。有关人员和当地领导都到场了,仪式就要举行的时候,他颤巍巍地走上前去:"等一等,等一等。还有件事情需要为罗政委办一下,所以等一等啊。"人们一愣神的工夫,他已经从随身带来的一个布袋子里小心翼翼地拿出了一沓折叠整齐的五张烧纸,"这样说来,罗政委也不埋坟头了,但我也还是要为他暖墓。"这时候,他已经用上打火机了,只见他用大拇指按了一下,嗤的一声火焰跳动了出来,他慢慢拿起烧纸,靠近了火焰。

周围的人们什么也没有说,但眼睛都有些湿润起来,不由自主地把目光转向了山前那不停流淌的汶河水。

圆　坟

"三月里来麦青青,八路军大战九子峰,英勇的田大也参了战,铁峪的南山显了威风……"

迎着吹面不寒的小风,山东纵队二支队司令员孙继先腋下夹着一卷烧纸,轻轻哼着这首刚刚被创作出来的歌儿向铁峪村走去。唱着这首专门为田大创作的歌曲,他心中难过,眼里也有一些湿涩涩的感觉。

前不久,孙继先的二支队和兄弟部队联合,在孙祖以西、铁峪以南的九子峰与日军进行了一场决战。在战斗开始后,铁峪村有个叫田大的农民,不知疲倦地同时帮着三个战士往枪里装子弹。有一次,他还和其他战士一起,在攻上来的敌人接近一道石头垒的墙时,推倒石墙压死了两个日本鬼子,然后一齐用手榴弹打退敌人的进攻,守住了阵地。由于劳累过度,战斗结束后,他睡不着觉吃不下饭,不几天竟然就去世了。三天前,部队和地方一起在孙祖为他开了追悼会,并把他也下葬到本村了。孙继先想到今天应该是田大圆坟的日子,所以就决定去参加这一仪式。

圆坟,在葬后三日举行,家人都要到坟前为坟培土,然后死者后人绕坟正转三圈,反转三圈,还要上供品、烧纸钱。民间传说,这样,以后死者便可以接到祭奠和送去的金钱、食物了。

孙继先到来的时候,人们正在用铁锨向隆起的坟堆上添土。他赶紧推起一把小车,向远处取土的地方快速走去。有些人过来要接过车子,他坚决地拒绝了。车上的两个篓子装满土后,他套上车袢,两手用力地推回来,倒在坟堆上。

坟头渐渐变高,变圆,有人用铁锨铲来一大块长着勾皮草的圆形土块,精心地放在坟头最高处,田大的坟墓就显得很像样子了。

"孙司令,我们替你打打纸吧?"看到孙继先满头大汗的样子,村里的人指着他拿来的烧纸问道。

孙继先摆摆手:"心到神知,我自己来,我自己来。"

他先到远处的一条小河里用心地把手洗干净,走回来擦干后蹲下去,用真钱在上面一点一点覆盖均匀,——民俗认为这样印一遍后普通的纸张就变成纸钱了。孙继先神情肃穆,双手轻轻划动着,待纸张散开后,把纸折叠成元宝形状,轻轻放在一起。

有人看了啧啧咋舌:"孙司令,手这么巧啊?"

孙继先说:"我老家就是曹县的,我们那里的风俗和咱们这里差不多,见的多了,所以也就会这些事了。"

有人疑惑道:"你不是江西红军?"

孙继先轻叹了一口气:"是。俺家里穷,我在家里自小割草、放牛,后来为糊口当了兵,结果马上就是到江西围剿红军,多亏不久我参加宁都起义,参加了共产党,还成了瑞金独立第四师教导大队区队长。我当时不明白,是走了一段弯路才参加革命的啊。不说这些了,咱们为田大圆坟吧。"

有些老人离开了坟前,有些年轻但辈分大的也走到一边去了,主事者也劝孙继先走开,孙继先拒绝说:"不,我就是为田大来圆坟的,我怎么能不在这里?"

"这样,你就等于小了一辈儿了,"主事者又说话了,"你看看,这不太合适吧,孙司令?"

"合适,合适。"孙继先有些激动起来,"田大打仗那么英勇,他这是紧张、劳累……累死的啊,哪里想到仗打完了还会出这种事情,太可惜了,太可惜了。他是为了我们民族的抗战事业累死的,我来为他圆坟,是应该的,是应该的啊。"说到这里,他的眼泪哗哗流下来,在腮边形成了两条不断流儿的小溪。

过了一会儿,看到人们都在静静地站着,孙继先平静了一下自己的情绪,又神情庄严地说:"再说了,咱们这里不是还有一句死者为大的说法吗? 田大是牺牲于民族解放事业,永远值得我们记住,永远值得后人尊重。"他转向主事者,"就这样,开始行了啊。"

听着主事者指挥,孙继先随着人们绕着坟堆转起来,那些走远的大辈分的人也都回来跟上了。绕完正反三圈后,又在坟前安上供桌,摆上贡品,进行烧纸,祭奠,磕头。孙继先站起来的时候,大家看到他的额头上沾着一层黄土……

这时,孙继先提议说:"前几天,开追悼会的时候,不是为田大编了一个歌儿吗。我起个头,咱们再唱一遍吧。"

于是,合唱声在这座新鲜土壤堆筑的坟前响起,并且越来越高亢:"三月里来麦青青,八路军大战九子峰,英勇的田大也参了战,铁峪的南山显了威风……"

请　客

　　从青杨行骑马走了五六里路，徐向前来到了八路军第一纵队司令部所在地隋家店村。三天前，司令部刚在这里安下，徐向前被安排住在了距离这里不远处北大山下的青杨行村。尽管下着雨，但今天是农历八月十五了，他还是一大早就来到了隋家店村。

　　村干部一心想让部队过一个像样的中秋节，这两天一直在做着积极的筹备，想杀头猪又觉得太小，于是杀了一头牛，并已经准备了 40 包月饼，50 斤白酒等。听村财粮主任孙荣岭汇报后，徐向前很感动，眼睛有些湿润，他知道村子里群众生活不宽裕，于是轻轻说了一声："咱八路军根本没有会喝酒的！"

　　"咱们谈谈村里的情况吧，"徐向前伸出手指向前指了指，"村里那座楼是怎么回事儿？"

　　孙荣岭说："这是刘家迁来这里的时候盖的，刘家是著名的八楼刘，俺村里刘家最有名的就是主事老爷了，他的本名叫刘尊和，嘉庆二十四年己卯考取恩科进士后，被授职户部主事……"

　　徐向前津津有味地听着，对村子里的情况有了更进一步的了解，逐渐地他有了一个新的想法，于是转移话题："咱们这个村工作基础好，抗日热情高，有多少抗日军人家属啊？"

　　孙荣岭和其他村干部一个个数着，徐向前听到一个就随即记下来，村干部不说话了，徐向前才又问道："除了这些我们共产党的抗属外，国民党军队的抗日军人家属也算啊，我们两党合作进行抗日战争,共同的目标是打败日本侵略者,他们在前线也打了很多胜仗啊。"最后又算了一下村里抗日的士绅名流和抗日的老大爷,一共列举出了28人。

回到司令部后,徐向前安排伙房做好准备,他郑重地说:"我要请客,你们去楼上拾掇一下,安排三桌子的规模吧,一定要布置得像模像样的。"

然后,徐向前铺开纸笔,给自己记录下来的那28个人每人亲笔写了一份请帖,然后让村干部务必每人都送到,确保到齐。

听说徐司令员请客,大家都很兴奋,奔走相告着。这个村子群众基础好,十几年前就有共产党的活动,自去年省委来到岸堤后,隋家店村党组织迅速恢复,为过往的部队做了很多工作。一纵过来后,群众纷纷奔走相告:"打鬼子的队伍来了,咱们可有盼头了!"

中午很快到了,小雨还在纷纷扬扬地下着,徐向前冒雨步行来到刘家的高楼上,先查看了一番桌子的摆放,并伸出右手食指轻轻擦了擦,然后竖在眼前仔细看了一下,手指头上没有沾染任何东西,说明桌子擦拭得很干净了,他满意地点一下头,来到楼下迎接客人。

每来一个人,他都热情上前握手,并询问"贵姓",然后伸出右手,让客人上楼。

宴会正式开始,徐向前先讲话:"我叫徐向前,是山西五台县人,是党中央派我们来的,我们是从山西过来的老红军,到这里来是打鬼子的。以前有人丑化我们,说我们是红胡子红头发,还会吃人,大家看看,咱们不都是一样的人吗?当然,咱们隋家店村群众觉悟很高,是不存在这些问题的。"

听到这里,很多人会心地笑了,场面上的气氛一下子轻松起来。

徐向前端起酒杯来，挨桌开始敬酒。

第一桌上有位中年人激动地告诉徐向前，自己的儿子去年参加台儿庄大战，牺牲在了那里："我知道，国共两党翻脸了这么多年，这次能联合抗日真乃幸事，徐司令连我们这些人都请，这说明了贵党的真诚心意，说明了徐司令的宽广胸怀和热诚待人。我们理所当然地真心拥护联合抗日，会力所能及地为咱们的部队多做些有益的事情。"

徐向前与他碰了碰酒杯，对全场人员说道："把自己的子弟无私地送到前线去抗日，理应受到大家的尊重，何况还已经为国捐躯，更让人充满敬意，你今后可一定要照顾好自己的生活，让孩子在九泉之下好放心啊。"说着，徐向前嘴唇抿着，用力拍了拍他的肩膀。

徐向前又接着说道："我们来到贵村，肯定给大家带来不少麻烦，我再敬这杯酒向大家表示感谢！"

看到徐向前已经喝了几杯酒，脸色也已经有些泛红了，财粮主任孙荣岭有些不放心，就走上前来开玩笑地说道："徐司令，你不是说咱们八路军根本不会喝酒吗？我听您时常咳嗽，应该是肺里有些毛病，您还是少喝点，要注意身体啊。"徐向前笑笑说道："这不是请抗属嘛，诚意还是要有的……"

前些年，我在隋家店村采访，孙荣岭已经很大年纪了，但说起这次中秋宴会还能说得出，就像发生在昨天一样清晰，他说据他所知，徐向前在沂蒙山区工作时真的患有肺病，此后一年的时间里徐司令再也没有沾过一滴酒。

紫桑葚

"小鬼,怎么好像不太对头啊?"他四下里扫了一眼,问警卫员。

警卫员扭头向西面的山峰看一下——每个山头硝烟滚滚,枪声炮声此起彼伏——就把两脚"啪"地一并:"报告首长,老乡都躲了,门没顾上锁。"

"哦,打仗嘛。"他若有所思地点点头,"咱们就在这里落脚吧,老乡的东西,我们要照管好啊。"

紧张忙碌过后,瞅点空隙,他走出房门,两手举过头顶,伸了个懒腰,然后看看田野里的青草和绿树,感到舒坦了一些,正想转回身去,钻进耳朵里的枪炮声中,似乎夹杂着一种若有若无的"咝咝"的声音。他仔细听了一阵,就来到西屋门口。警卫员立即跟了过来。他先敲了敲门,没动静,就慢慢推开虚掩着的秫秸扎的门。迎门是一个大秫秸箔箩,里面养着已长到一寸左右的蚕宝宝。一条条蚕虫,在蠕动着,叠压着,有的还把头抬起来,来回扭动几下。他笑了笑,慢慢退出来,又轻轻地把门关上。

回到正房的指挥所,他问了一下 25、26、27 师所在的具体位置,命令道:"不许从任何人手下漏掉一个敌人!"

他端起茶杯,举到嘴边,还没碰到嘴唇,又猛地放下,桌面被碰得响了一声,人们都抬起了头。他谁也没看,大声叫道:"警卫员!"

"到!"两个警卫员跑到他跟前,举手敬礼。

他严肃地看了他俩一眼:"我命令你俩,马上去给我采一筐桑树叶子来,要干净,要肥实。"

警卫员稍一愣神,随即大声应道:"是!"看着警卫员跑步出了院子,他的脸上露出一丝微笑。然后,又大步走到地图前,看了看部队目前所在的位置,轻轻地舒了一口气。

一个多小时过去了,两个警卫员还没回来。他默默地站起来,又慢慢地走到西屋门前。手刚伸到门上,又猛地缩回来。他自嘲地笑了笑,走到大门口:

"这两个小鬼,怎么搞的?"

又过了一会儿,门口传来怯怯的声音:"报告首长!我俩没看到桑叶。"

他看了他俩一眼,见他们还喘着粗气,一副疲劳的样子,就把心里腾起的火强压下去,指指他俩,冷冷地问:"怎么回事?"

警卫员回答:"在方圆两公里之内我们找了一圈儿,没有桑树,所以……"

另一警卫员说:"西边倒是有三棵桑树,但被炮火打得光秃秃的了,树上一片树叶也没有了。"

他锁着眉头,没吭声。过了半天,才又轻声说道:"你俩再去一趟,要扩大搜索的范围。"他把手使劲儿往下一按,声音略大了一点儿:"但必须采到桑叶。"

"保证完成任务!"两人的眼角有点儿湿,敬礼后拿着筐又跑了出去。

四下里的炮火仍很激烈。他的心里有点儿为自己的警卫员担心,两个小鬼可要小心哟。他不敢分散自己的精力,又马上把注意力转回到对战事的考虑上。

太阳已经过午,当他再次抬眼往大门外看时,两个警卫员终于走进了视野。

两人抬着一大筐碧绿的桑叶回来了,脸上显露着兴奋的神情。

他走出来,高兴地说:"给我给我,你俩快去喝口水。"

但警卫员并没有走,与他一起抬着桑叶来到西屋。

他瞅着一个个蚕宝宝,嘿嘿地笑着,慢慢抓起一把桑叶,反过来顺过去地看了看,没有杂质,只是叶柄上带着几个紫色的桑葚。他把桑葚摘下来,塞到警卫员的嘴里。

警卫员没防备,只好吃了:"首长?"

他笑了:"慰劳你俩一下。"

说着,他小心地把桑叶撒到箔笼里。蚕宝宝快速地蠕动起来。唰唰唰,绿油油的桑叶一会儿就被咬出一个个大豁口。他又抓起一把桑叶,摘下桑葚,放到旁边的一只小凳子上,再把桑叶撒给蚕宝宝。

警卫员看到首长非常投入,就咂咂嘴,小声说:"首长,桑葚真好吃,您尝尝吧。"

他摇摇头:"不,给房东的孩子留着吧。"

炮火越来越猛了……

不久以后,被写入战史的孟良崮战役胜利结束。

躲出去的房主人回来了,他发现自己养的蚕吃得很饱,旁边一只筐里还有小半筐桑叶。在一堆紫色的桑葚边,还压着一张纸条,上面写道:

打搅了,感谢给我们留门。

许世友

1947.5.16

看到这里,老乡的眼睛湿润了。蒙眬中,他发现那堆紫桑葚更鲜亮了。

玉米草

战斗已经打响,部队在顺利向孟良崮推进,陈毅从西王庄向设在张林村北山沟扫帚洞里的前线指挥所走着。接近到达目的地的时候,陈毅下了车,步行着。而恰在这时,路边一家农户里传出了一个女人撕心裂肺的痛苦呻吟声。

"去看看,是啥子事?"陈毅把下巴抬了抬,指着这户人家,安排了一声。

马上有两个跟随的警卫战士走了进去,很快就急火火地转了出来,报告道:"有个妇女躺在床上打滚,好像病了。"

随行的卫生员右手抓了抓肩上背的卫生箱的背带,往身后挪挪卫生箱的位置:"首长,是不是我去看一看,给治疗治疗?"

陈毅满意地笑了笑,点点头:"有什么情况回指挥所向我再汇报。"

在前线指挥所里,陈毅听粟裕介绍了战役的最新进展情况后,就立即紧张地投入到工作中去了。

洞外的太阳偏西斜时,卫生员那清脆的女中音才在洞口响起:"报告陈司令员,那个妇女不是病了,而是生孩子。她的公公和婆婆都被国民党的飞机炸死了,丈夫为报仇支前去了。所以我在那里给接生了个男孩后,又照顾了她一阵子,才回来。"

"好，很好，"陈毅抬头看看女卫生员，看她好似还有话要说，就催道："还有啥子事？说。"

"这个妇女，要我给拔点玉米草烧水喝，可我不知道玉米草是什么？"卫生员不好意思地笑笑，低下了头。

有人插话说："就是玉米苗子吧。"

这时电话又响了，陈毅接过话筒，听了一会儿，说道："何以祥同志，你们3纵一定要把11师坚决堵在常路东南方向，不许他们前进一步。"

陈毅看着墙上挂的军用地图上的标志，此时对74师的包围圈已经形成了，他这才稍稍松了一口气，喊道："卫生员，你没问问那个妇女，玉米草是啥子吗？"

卫生员回答："问了，她说就是一种草，坐月子都得喝的，叶子3个瓣，开小红花。"

"这还不简单，"陈毅摊摊手，"到地里找啊。"

"我去找了。可找了半天，我就是不认识。拿回去的，她说都不是。"卫生员小声说着，好像自己有什么过错了。

"玉米草，玉米草，"陈毅小声嘟囔着，在洞内转来转去，使劲一甩手，"玉米草，到底是一种啥子东西哟？"停一会儿，又走动起来，"玉米草……益母草，益母草，"嘟囔到这里，他突然停住，大声说，"俺们四川倒有一种草，叫益母草，产妇生产后可熬水喝的，这个妇女说的肯定是益母草，你听成了玉米草。"

卫生员有点委屈，争辩道："没听错，她说的就是玉米草。"

陈毅又问："她说叶子3个瓣，开红花？益母草就是这个样子。俺四川倒多的是，山东的沂蒙山区是不是有，这就需要咱们亲自去验证一下了。"说到这里，他就向外走去。

"飞机常来扔炸弹，出去太危险了。司令员，你可千万不能出去。"指挥所的人都叫道。

陈毅笑笑："我命大，不会有啥子事。"

指挥所外这条山沟里有很多岩洞，号称千人洞。大的像指挥所那么大，小的仅有 1 平方米左右。整条山沟里布满杂草，洞口都被遮得严严实实。

陈毅在草丛里走着，警卫员和卫生员紧张得快速跟着。但陈毅好像什么事儿也没有的样子，先观察了一下战场上的情况，然后眼光就在草丛里转悠起来："1 个叶 3 个瓣，1 个叶 3 个瓣，看好了啊。"

突然，他指着前边："这一棵是不是？"

人们围了过去，只见这棵草的茎有 4 条棱，全株有短毛，叶对生着，每个叶都长成 3 片，开的花很细小，但密集成团，一朵朵都长在叶腋的位置。

"好了，你拿去问问那个妇女，是不是她说的玉米草。要是的话，你就多采点。不过，你先随我回指挥部一趟。"陈毅安排完卫生员，就向指挥所走去。

回到洞内，陈毅拿出一个纸包："我这里还有点红糖，你一块给带去吧，产妇吃了，绝对有好处。"

"首长，你？"

"去吧。"

一直到天快黑了，卫生员才回来："司令员，那就是她说的玉米草。您太有学问了，我怎么就……"

陈毅神情轻松地问她："产妇怎么样了？ 现在谁在照顾她？"

卫生员高兴地说："她身体还有点弱，现在，本村的一个亲戚在侍候她。"

"好哩好哩。"陈毅爽朗地笑了几声，又走到地图跟前去了。

请 香

拨开门口的丛草和荆棘,粟裕走进洞内,环顾了一圈,笑道:"沂蒙山区就是有特色,同志们看,这山洞像不像一把扫帚啊?"

大家一看,还别说,这个叫张林的山村后边的山沟中的这个洞穴,进口狭窄且长,有 5 米左右,再往里面就出现了一片椭圆形的开阔地,整个洞的形状,真的像一把扫帚,就都说:"像,太像啦。"

孟良崮战役已经正式打响,粟裕在西王庄的指挥部待不住了。与陈毅商量后,决定由他到靠近战场的地方去就近指挥。这不,和陈毅分手后,他把前线指挥所设在了这里。

看看指挥所安置好了,负责生活安排的小何和小周又走出了洞口。他俩想着,还有一件事应去抓紧办好。过了好长一会儿工夫,他两个人气喘吁吁地扛来了两扇门板。放下后,两人就瞅着门板光想乐了。

南部靠近孟良崮的所有山头上,都响着激烈的枪炮声。指挥所前,敌人的飞机也在频繁地转悠着,不时扔下几颗炸弹。不过大多数时候,洞内除时常响起的电话和电台声外,也就是洞顶时时滴下的水滴的落地声了。

粟裕一直在军用地图前,踱着步,思考着,这时抬起了头,先发现了多出的门板,继而看到他俩的高兴劲,就问:"你俩这是干的啥子哟?"

他俩看着粟裕，都咧着嘴笑了。

小何回答说："粟副司令，我们到村里老乡家借了这两块门板，想给您当床用。就是太硬了，但实在找不到床，只好将就一下。"

小周接着说："地下这么潮湿，您身体又不好，所以……"看到粟裕的脸色越来越严肃，小周赶紧住了嘴。

"你们还打算在这里安家？门板是老乡守家的，你俩把它借来，老乡怎么关门呢？"粟裕话说得低沉而平稳，他俩却感到了很沉的分量。

小何小声说道："我们和老乡一讲，老乡就同意了的。"

粟裕不高兴地瞪了他一眼："再说了，沂蒙山区有个风俗，大门安上以后，一般是不能再摘下来的，只要安门，就得点香烧纸，摆上供品供养一番，你俩怎么能随便就把门给人家摘了。我们每到一个地方，都要尊重这个地方的风俗，这是纪律，你俩不懂吗，嗯？"

"这里是老区了，老乡的觉悟高，没听着讲究这些啊。"小周也想争辩一下。

"别说这些了，"粟裕摆摆手，"马上给老乡送回去，并给老乡道歉，告诉老乡，仗打完后，我去看他时，再向他解释。"

他俩看看洞顶往下正滴落着的水珠，瞅瞅潮湿的地面，还想磨蹭。

这时四纵报告他们已到达石旺崖，粟裕看看地图，拿起红笔，标上了一个标志，高兴地笑了。

一转眼，看小何和小周还在，门板也还在地下躺着，粟裕用右手食指指着他俩："你俩现在马上去给我办好。"

他俩只好扛起门板，不情愿地走了。

过了将近 1 个小时的时间,他俩又回来了,撅着嘴:"报告首长,门板已送还老乡。"

"好。"粟裕这才对着他们,露出了笑模样。

他俩犹豫了一下,又汇报道:"我俩本想和老乡一起把门板安上,老乡说什么也不让我们干,我俩就回来了,这……"

粟裕一摆手:"知道了。"

夜晚来临,粟裕就躺在洞内铺的高粱秸上休息。不过每次起来,总不自觉地用手捶着腰部。

三天后,孟良崮战役结束,指挥所又要开拔了,粟裕招呼着:"小何、小周,领我到你们借门板的老乡家看看去。"

两人有点吃惊:"首长,真的还去看?"

粟裕问:"我没有说过吗?"

"说过,说过。"他俩伸伸舌头,赶忙说。

他们从洞内出来,步行走了 4 里多路,才来到老乡家。

大门敞开着,那两块门板还在院内的地上靠墙放着。一个40 多岁的男子吸着旱烟袋,正在院内拾掇农具,梆梆地敲巴着。

粟裕大步走上前:"老乡,卸了你的门板,对不起了,我给你赔不是来了。"

"嘿,你们又没使,"老乡腼腆地笑笑,宽慰似地说,"再说,俺家里也穷得叮当响,上不上门板,也没有什么大碍啊。"

粟裕从包里掏出点钱:"战斗结束了,这是咱们自己的北海币,你用这点钱请点纸和香,买点供品供养供养,抓紧把门板安上吧,这毕竟是守家的。"

老乡一时不知说什么好:"这、这……"

"别说了,谁让有这风俗来! 我们就要出发,先告辞了。"粟裕走到两块门板跟前,用力地拍了拍,转身向大门外走去。

他们身影越走越模糊了,老乡的眼睛还湿润着,在使劲盯着看。

交叉子

这天,岸堤逢大集,黎玉处理完了一大批事务后,看到能抽出一点时间,就叫上通讯员:"咱们赶集去。"

通讯员露出一丝惊诧,很快脸上的疑惑就消失了,迅速跟上了黎玉的步伐。

虽说是战乱的年代,可一旦安定下来,就是很短的几天,生活必需品还是要买卖的。他们来到设在村道中的集市上,发现男女老少真有点摩肩接踵的样子了。黎玉慢慢地转悠着,在一个个地摊前不断地驻足,好似寻觅着什么的样子。

终于,黎玉高兴地对通讯员说:"可找到了,可找到了。"看到眼前的地摊上摆了几十个交叉子,通讯员明白了原来黎玉要找的就是交叉子啊。黎玉问摊主:"老乡,怎么卖啊?"

"好几种价格啊,柞木的最贵,其次楸木的,然后是槐木的,您要哪种?"摊主热情地招揽着,"柞木最结实,坐时间长了又滑溜颜色又好看……"

黎玉赶紧打断他的话:"就要柞木的。不过,怎么上边没有铁轴和皮绳呀?"

摊主笑笑说:"大道朝天,各管一边。我这活儿属于木作,铁轴属于铁做的生意,皮绳是皮做的。"

"作?"黎玉疑问道。

"作就是干活的地方,作坊嘛。"摊主耐心地解释着,"前面就有卖铁头家什的,过去让他配上铁轴,接着让他给铆住就行了。"

黎玉赶紧从兜里掏出钱来,买上一个柞木的,并在前边不远处的一个地摊上顺顺当当地装上了铁轴。他对跟着的通讯员笑着说:"这还很复杂噢,咱们再找皮绳去。"

他们是在集市的西头找到皮货摊的,只见地上有已加工好的整张的牛皮,有许多条切割制作好的牛皮腰带,也有皮烟包,皮囊等。更多的是一根根用牛皮切成的皮绳,不粗不细,颜色洁白如雪。

看到黎玉手里拿着的东西,摊主很远就热情地招呼道:"哎呀,串交叉子吧? 来来来,看俺这牛皮绳,又匀称又柔软还结实,串的交叉子坐着保证舒服不硌腚锤子。"

周围的人都被他逗笑了,黎玉问他说:"怎么是白的? 好像应该是另一种颜色呀?"

摊主头一扬,腰一挺:"哦,你见到的那是坐过一段时间的。我们这里都是用上好的牛皮绳串交叉子的,开始是白色的,坐后逐渐会变成殷红色,越来越好看,坐着也越来越舒服。你这柞木的交叉子架,配上我这牛皮绳,不出半年保证就会变得非常好看。"

买上牛皮绳,黎玉仍没有挪动脚步,在摊主应付买卖的空隙里,赶紧凑上前去:"我,这,还不会串呀,能教教我不?"

摊主很热情,从黎玉手中拿过交叉子架,拿起一根皮绳,比画着:"从这边第一个眼儿串向那边的第三个眼儿,外边留下一段皮绳头儿,回到这边第二个眼儿,然后奔那边第四个眼儿,到头后再倒着串回来,和留的皮绳头儿系在一起就行了。记住两头的第一个眼儿都得串过三次，其他眼儿全是两次就对了。皮绳的接头要接在外侧，那样才好看，不坐着疙瘩也才不硌人。"

说到这里，又来了生意，他就照应去了。黎玉也觉得明白了，就回驻地了。

黎玉来山东后一直担任着党政军的重要职务，从集上回来就又投入到紧张的工作中去了，一直忙到深夜，才有空拿起白天买来的皮绳，在灯光下把皮绳向交叉子的两排圆孔串去。他一边串着，一边小声地自语着："从第一个往第三个串，依次来。哦，拧股了，回来回来。"说着，就整理顺溜了，看到自己的劳动成果有了模样，他的脸上露出了笑容。

可是，一边串到头儿的时候，他怎么也串不成了，因为往回拐的时候，在第一个眼儿里皮绳第三次串过的时候没有挡头，他的额头上急出了一层热汗，可反复端详，就是没法解决这个问题。

因为明天还有更重要的工作，恐怕没有时间琢磨这个活儿了，所以他决心今天夜里彻底解决战斗。

突然，他灵机一动，拿起了自己正坐着的那个交叉子，小心地把上面的皮绳扣一点点解开，嘴里还嘟哝着："要是把这个弄坏，罪过可就大了。"

通过拆解这个交叉子，黎玉弄明白了问题的所在，最后终于把新买来的串好了。

他感到腰酸背疼的，眼前也有些模糊，时间太晚了，需要赶紧休息了。可是，看看新的，又看看被自己解开的旧的，他无奈地笑了笑，用手掌拍了拍自己的额头，又躬下身去。

当他把原来这个也串好的时候，天已经亮了。他揉揉眼睛，仔细地瞅着自己的劳动成果，又寻思起来：沂蒙山区的人管马扎子叫交叉子，好像显得更加形象啊，它是两部分交叉在一起，中间有个轴穿起来,上面用皮绳编织好,就成了一个又轻便又舒适的坐具。黎玉端详着,琢磨着,脸上露出会心的微笑来。

前一段时间,他们向村里的老百姓借来了几个交叉子,可是没想到有一个在日军分为12路对沂蒙山区的疯狂扫荡中,丢失了。粉碎敌人的扫荡后,黎玉回到岸堤,想到的第一件事就是赶紧给老百姓赔偿弄丢的那个交叉子。

香荷包

"沂蒙人民真好啊,我们以后永远不能忘了他们。"秋阳高照,天高气爽,张云逸出了临沂城,正向前走着,看着眼前的一片原野和正在忙碌着收秋的农民,突然发起感慨来。

张云逸来临沂后分工战勤工作,主要抓地方武装的组建等,提出了"保田、保家、保饭碗""到前线去,到主力去"等口号,沂蒙人民送子送郎参军又掀起了一个高潮,群众的拥军支前活动也搞得轰轰烈烈,随同人员心里都明白,他是既高兴又感动啊。

"是啊,是啊,这里的老百姓太好了,不愧是老解放区啊。"随行的同志都一致称赞道。

今天他又要到村子里去看一看,检查一下有关的工作。刚进村,见有个近四十岁的妇女在门口抱着八九个月大小的孩子,正两手托着孩子的腿弯,让两腿分开,在让孩子解大便,地上已经有了一坨黄黄的排泄物了。张云逸走上前去,热情地打着招呼:"老乡,你好啊。"

妇女一抬头，看到是张副军长来了，脸色腾地红了，迅速让自己的身子扭了扭，不让孩子的裆部正对着首长："首长，你看俺……"

"秋天了，农活忙了哟。"张云逸看她不好意思的样子，赶紧问道，"今年收成怎么样啊？"看到孩子胸前挂着一个用布缝制成的小物件，上边布满精致的针线花纹，"这又是什么呀？"

妇女逐渐不再窘迫了，神态渐渐变得自然："收成还能凑合。弄个孩子，还不会走，光占人。这是香荷包，避邪的。"

"很香的哟。"张云逸拿起来闻了闻，笑着说。

孩子排出的大便，在阵阵吹来的秋风里，有股丝丝臭味不时地向人们飘来，个别随行人员捂着鼻子，把身体转向一边。

张云逸略略皱了皱眉头，但并没说他们什么，而是继续和妇女随意地聊着："孩子长得真可爱，等新中国到来的时候，他们就会生活在幸福中了哟。"

"您看，我也不能给你们拿座位，"妇女继续托着孩子，难为情地说着，从侧面低下头去，看了看孩子的屁股，突然抬起头来，嘴里唤道，"嚎儿——嚎儿——"

人们都不明白是怎么回事儿，正奇怪着，就看见一条大黄狗踮着不紧不慢的脚步跑了过来，妇女托着孩子的腿把孩子的屁股抬了起来，正对着黄狗，黄狗的嘴巴向孩子的裆部伸去。

张云逸心里猛地一惊，迅速抬起右脚，在狗就要和孩子接触的一刹那间把狗蹬了一脚，大黄狗那尖尖的嘴巴偏离了孩子的裆部。它慢慢转过头来，看到一个威武的人凛然不可侵犯地站在那里，遂慢慢地走到一边去了。

妇女的脸色一变，继而明白过来，笑了："不是，不是呀，俺是叫大黄给孩子舔腚啊。"

"哦?"张云逸很是疑惑。

随行的人中有明白的,赶紧解释说:"沂蒙山区这个地方,很多孩子大便后,就让自家喂的狗给擦屁股了。大人呢,很多都是随意找块土坷垃啊石头蛋儿啊的解决问题。"

"是吗?"张云逸又转向妇女,说,"老乡,这样太不卫生了。再说狗也容易带一些病菌,会传染人的。"看那妇女仍托着孩子,他赶紧掏起自己的衣兜来,终于在第三个口袋里找到了一个小纸团,他迅速展开来,两手拽了拽,让纸更加平展一些,快步走上前,弓下腰去,给孩子擦起屁股来。

"这、这……"妇女一急,说不出话来了。

"哎、哎……"随行者也没想到,一时愣住了。

"别动别动,马上就好。"张云逸笑着说,"哟,小家伙,又来了? ——好了。"

他毕竟五十多岁了,直起身体来直得比较慢,但脸上的皱纹里满是笑,同时右手使劲甩了两甩,他的手被孩子刚才又一次排出的少许尿给弄湿了。

"首长,这怎么好,这怎么好。"妇女喃喃着,迅速把孩子转过来,抱在胸前,"快洗洗手。"

"好的好的。"张云逸笑笑,随着妇女向院门里走去,他知道若不洗一下手,老乡心里会过意不去的。

这时,大黄狗瞅准了空子,快速地扑向了孩子排在地上的大便。

他一边洗着手,一边和妇女继续说着话:"咱们现在生活还不安稳,仗还要继续打。部队纸张也很匮乏,农村更缺了。老乡啊,孩子的屁股绝不能再让狗舔了啊。"

张云逸见妇女抿着嘴,使劲点头,就接着说道:"我知道,确实没有纸,但一定要想想办法。"他脸上的皱纹在额头处迅速集合起来,隔了一会儿,才又以商量的口气问道,"庄稼的叶子,树啊草啊的叶子,光滑的干净的是不是也行啊?"最后又有些无奈地说,"干净的石头块也比狗卫生啊。"

随行的人们,有的眼角湿润起来,赶紧转过头去,快速抹一下。

"你说说这熊孩子,怎么就这么不知好歹呢,把首长的手都尿湿了。"妇女看他洗完了手,又一次道起歉来。

"小家伙,快长大啊,"张云逸摇摇头,笑了笑,"到你长大的时候,肯定不用打仗了,也肯定有纸擦屁股了。呵呵呵,让我再闻闻你那香荷包。"说着,又拿起孩子胸前的香荷包在鼻子前嗅了嗅。

看到妇女终于轻松地笑了,随行的人们也都笑了,张云逸说道:"同志们,咱们走吧。"他在头里,大步向前走去。

天空好似更高了,更蓝了,凉爽的风吹过来,给人一种舒心的感觉。

一辈子也不说

咱们自己的队伍就要来了。村里通知妇女们连夜做军鞋,烙煎饼。部队一来到就炒咸菜,煮鸡蛋,烧开水。

杏花正忙着,妇女主任过来了,用拳头捅捅她的腰:"杏花,你看——"

在妇女主任指的地方，战士们正分散地坐在地上，吃饭，喝水。有几个侧着头，不时地拧几下脖子。杏花看不出什么来，就笑笑："有什么可看的，嫂子？"

妇女主任把头侧向右肩，来回地拧脖子，然后就看着杏花鼓囊囊的胸脯笑起来。

"嘻嘻，你傻啦吧唧地笑什么？"杏花不解地问。

"杏花，"妇女主任的脸色突然变得非常严肃，一本正经地问，"有一个重要的事儿，只有你能办，这个……"

杏花着急了："你看你，嘴里含着面糊一样，有事儿你说不就是吗？"

妇女主任好似下了很大的决心，才说道："这些人中，有十来个得了耳底子，耳朵眼子里往外淌水，很难受，听事儿也听不清。你说说，不就影响打仗吗？你是知道的，用热奶水往耳朵眼里滋，滋几回就能好利索。你给弄弄，行吧？"

杏花的脸腾地红了，闭着眼，用两个拳头擂着她："你，你怎么想的来？还不羞死人？"

"唉——"妇女主任叹了一口气，点点头，"也是啊，只是苦了他们啦。"

杏花的心被搅乱了，看妇女主任渐走渐远，她又赶了过去，低着头，眼睛瞅着脚尖："嫂子，你陪着俺，咱去弄吧。"

妇女主任走到战士们中间，和一个干部模样的人小声商量了一阵子，那人就点了头。

杏花走进自家屋里，把窗子遮得严严实实，然后走到门口，向妇女主任招了招手。

妇女主任就领着一个战士走过来。进屋后，杏花立即把门关死，走到战士跟前："大兄弟，咱先说好，你，不许看，啊？"

战士唰地站起来,"啪"地敬了一个礼,眼睛湿漉漉的,声音哽咽着:"是,大嫂。"

杏花捂着嘴,偷偷地笑了。

战士坐到凳子上,妇女主任站在对面,用双手扶着他的头,向左肩头歪去。杏花站在他的右侧,慢慢地解开衣襟,用双手托起自己那鼓胀胀的乳房。她把乳头缓缓地向那战士的耳孔对去,战士头歪得太厉害,自己的乳头又太前挺,就怎么也对不准。她急道:"嫂子,正正。"妇女主任把战士的头扶正一些,使耳孔正对着杏花的乳头。杏花咬着下嘴唇,双手开始用力捏自己的乳房。于是,奶水就直射进了战士的耳孔。战士感到耳朵里一阵热乎,痛痒的感觉立即减轻了。另一个耳朵经过了同样的程序后,战士仍坐着不动,等杏花盖好前胸,直到杏花轻声细语地说了:"好啦。"他才站起来,又给她俩敬了一个礼,哗哗地流着眼泪向外走去。杏花大喊一声:"等一等。"这个战士又转回身来,还是满脸泪水,等杏花说话。杏花害羞地说:"大兄弟,千万不要和旁人说这事儿。不的话,唾沫星子会淹死人啊。"他庄严地点点头:"一辈子也不说。"

这支队伍中的十几个得了耳底子的人全部被用杏花的奶水治了一遍,杏花也逐一嘱咐了,最后回过头来,看着妇女主任,妇女主任赶紧说:"我也保证一辈子不说这事儿。"

就这样,队伍在村里住了5天,杏花让妇女主任陪着,用自己的奶水每天给他们治两遍,到开拔的时候,他们的耳底子全好了。

队伍就要出发了,十几个战士在那个干部的带领下拥到杏花家里,哽咽着:"嫂子,我们一辈子都不会忘记您的大恩大德啊。"说完,啪地一下,立正,敬了一个礼,然后就踏着大步走了。

后来,杏花的生活很艰难,妇女主任来到她家里,淌着眼泪说："现在早已解放了，上边正到处里找红嫂，据说已经找到不少，杏花你也是啊，那事儿我就说了吧？"

"不，"杏花使劲摇摇头，"一辈子也别说这事儿，咱不是早就说好了吗？"

红荷包

白白的太阳向孟良崮山后坠去。枣花坐在院子里做着针线活，鼻子里不时钻进一丝丝青麦子棵发出的味道。她正在用大红色的布做一只小巧的香荷包，里面包着的艾蒿的清香气息很好闻。这两种味道交织在一起，让枣花有些陶醉了。

"枣花，做针线？"村里的妇女队长来了，"哟，有啦？"

她急得脸都红了："哎呀嫂子，没呢。"

结婚才四个多月就怀了孩子，要是承认了，那还不羞死人。尽管嘴上不认账，但枣花心里可甜丝丝的。

"那你给谁缝的香荷包？"妇女队长不依不饶地还在问。

枣花笑笑，赶忙打断妇女队长的话："是不是来了任务？国民党的队伍刚过去，咱们的队伍也已过去了一些。男人都出了夫，肯定咱们妇女有任务了。要干什么，你就快说吧。"

妇女队长犹豫了一阵子，才说："是啊，今天晚上要从河里过咱的队伍。上级来信，叫赶快架桥。去架桥，得摘着门板。再说了，晚上河水还很冷呀。你说实话，你到底能去不能去？"

"能！"她很干脆，把正缝着的红荷包往大襟褂子的怀里一揣,跑到门口把新门板摘下,扛在肩上,就跟着妇女队长往外走去。

村里的妇女们急匆匆地很快集合到了河边。枣花看到,河水正缓缓地向东流着。妇女队长"扑嗵"一声跳下去,从水里一步一步走到对岸,深的地方能没到胸口,最浅的地方也淹到腰部。妇女队长回来,爬上岸说:"架桥来不及了,咱们扛着门板让队伍过吧。"

时间一点点地过去。枣花坐在人群中,感到天气越来越冷了。突然,控制不住地哆嗦了几下。农历四月的夜晚,还是冷得刺骨。枣花不自觉地摸出还没完工的香荷包,放到鼻子下面嗅嗅,心里感到甜蜜蜜的,天气好像就冷得不那么厉害了。

乡俗说,给孩子缝个香荷包,能驱蛇、蝎、蜈蚣、壁虎、蟾蜍这五毒,她就抽空给刚怀上不久的孩子准备了小衣服,又开始缝制这香荷包了。

"咱们的队伍来了,快扛上门板,下水。"

随着妇女队长的一声命令,枣花她们快速跳进了河里,用肩膀扛着门板,迅速地从河这边排到了河的对岸,一座桥眨眼间就在水面上形成了。

与此同时,队伍也到了河边。枣花从一跳到河里,就感到凉气直刺入骨头。她打了个寒噤,然后稳稳地站住。队伍已开始跑步从她们肩头的门板上过河,枣花使劲挺了挺腰杆。门板上经过的人有时重一些有时轻一些,她的脚开始逐渐向沙里沉去。脚边的沙子被水慢慢冲着,一点点流走。河水好像越来越大,从枣花胸口没到了脖子。恰好在这时,队伍过完了。

枣花她们拖着疲惫的身子爬上河岸,就都在地下躺倒了。

枣花喘着粗气,眯着眼,艰难地笑笑说:"小鱼光往衣服里钻,真受用啊。"

有人附和:"一些小鱼还咬我的脚脖子呢。"

回到家里后,枣花感到腰仍像要裂开了一样,钻心地疼。她强忍着,先从怀里掏出香荷包。一看,早泡透了。

在床上躺了一会儿,天就亮了。这时,枪炮声猛烈地响起来。她起来一看,周围的山头上都开火了。

枣花不顾打仗的事,重新又开始缝新的香荷包。到晌午的时候,才终于缝好了。她长长地出了一口气,脸上也透出微笑。可是,这时她的肚子又慢慢疼起来。疼厉害了,她就在床上翻打滚儿。后来,就小产了。

从那以后,枣花就再也没怀孩子了。几年后,丈夫离开了她。一辈子,她没再嫁人。自己干着农活,养活着自己。

枣花每天总是拿出自己缝制的香荷包,用手轻轻地抚摸着,直直地盯着看。此时,她的眼里总是一片茫然,人也好像痴了一般。

看到她这个样子,妇女队长多次说:"枣花,是我害了你。"

她闭着眼睛,使劲地来回摇头:"不是为了打孟良崮吗?"

54 年后一天,枣花在孟良崮山下的一个小山村去世。

人们为她操办丧事时,发现她的手里还紧紧地攥着一个崭新的红荷包。——那是她去世前第五十四次精心缝制的。

前面有一堆花生

橘红色的太阳慢慢向西边那高高的蒙山后面坠去，张班长带着战士们在这连绵的大山里继续走着。

今天他们还没吃上一点东西呢，所以步子就迈得很吃力。战斗打起来后，老百姓大多都躲出去了，他们想搞点吃的就不容易了。看着战士们疲惫的身影，张班长心里很不好受。于是，他又安排两个战士出去找吃的，让其他战士在原地休息一下。

初冬的风在太阳落下山以后更加肆虐起来，战士们觉得更冷了，上牙对着下牙不自觉地磕起来，身体也不时地哆嗦一下。

张班长的心更加疼痛起来，盼望着派出去的战士快快回来，以便带来好消息，解决战友们饿肚子的问题。

风一阵紧似一阵地刮着，张班长感到自己的肚皮好像已经和后脊骨贴在了一起，并且肚子里还好像有成百上千的小虫在爬动似的，难受极了。

"报告班长，我们在前面发现了一堆花生。"就在他们望眼欲穿的时候，派出去的那两个战士终于回来了。

战士们听到这个消息后，全都抬起了头，眼睛在逐渐漫上来的暮色里闪着亮光。

张班长看着他俩是空着手回来的，就疑惑地问道："噢，怎么回事儿？"

"在前面的山沟里，有一个场院，边上用干地瓜秧盖着一堆花生,但找不到主人,我们……"他俩为难地停住了。

张班长的眉头皱起来:"别说啦,坐下休息一会儿吧。"

战士们眼中的亮光又暗淡了,头也低了下去。

张班长坐在一边,手里慢慢地掐着一根草棒儿,掐完一根后,从地下再拾起一根来,然后又慢慢掐起来,这个动作反复了无数次。他的额头上皱着一个大疙瘩,他一声不响地在那里坐着、掐着。过了半天,他把手里的草棒儿一甩,然后就把那两个回来的战士叫到一边,小声嘀咕了一阵。最后,两个战士使劲点了点头。

张班长把战士们召集起来,又带头向前走去。他们肚子里咕咕地叫着,腿在打着战,脚步迈得很艰难,整个身子怎么也走不平稳。

不久,他们好似无意中来到了那堆花生前,班长让战士们停下来:"大家都非常饥饿了,再休息一下吧。我到前面去再看一下能否搞到点吃的,你们15分钟后跟上来。"

看着班长迈着大步走了,战士们你看看我,我看看你,然后不约而同地,眼光望了望那堆花生。

又过了半天,那两个发现这堆花生的战士伸出手去,哆哆嗦嗦地慢慢捏出了一颗花生:"这……这、这花生,是能解饿的吧?"

他俩看看战友们,战友们都无动于衷地看着这堆花生。他俩慢慢地捏开花生皮,把花生仁放在了嘴里一粒,使劲地咀嚼起来,一阵清香就在夜空下迅速弥漫开来……

天,彻底黑透了,战士们迈着有力的大步又向前走去。在路边一块黑色的石头上,他们的班长静静地坐着。战士们发现,那身影有点模糊。他们来到班长眼前,好似突然都有点趔趔趄趄的。张班长好似什么都没看见的样子,就带队又往前走了。

负责出去找吃的那两个战士凑到他的身旁,悄悄地往他的手里塞着什么，他使劲一甩手，又大步向前走去。

看到班长那走路不稳的样子，这两个战士突然感到眼窝里热乎乎的，用手一抹，竟全是泪水。

这场战斗结束后，张班长主动向上级请求处分，他说是他把战士们带到那堆花生面前的，是他故意让战士们犯纪律把老百姓的东西吃掉的，一切责任应该全部由自己承担。

可是，那两个战士也跑到上级那里请求处分，说是他们俩自己带头吃的。他们从裤兜里掏出一把花生来放在桌子上，只见那花生皮上的纹路都磨平了，一粒粒都油光放亮的。他俩一再说："张班长没让战士们吃，他自己更没沾沾牙，说什么也不能处分班长，要处分只能处分我们俩！"

后来，他们三个人又去了一趟那个场院。可是那个场院已经被炮火炸得没有模样了，他们怎么也没能找到那堆花生的主人。

张班长在后来的工作中不时地犯错误，换一个岗位以后，总是在或长或短的时间里就会出问题。

多年以后，他的儿子成了大老板，有时和他探讨道："老爸，我总觉得你犯的那些错误不能叫错误，你那是用活用足政策呐。"

他不客气地摆摆手："去去去，什么乱七八糟的，我不爱听。"

儿子笑笑说："我经商成功，就是学习了你处理前面那堆花生的办法噢。"

他不再搭理儿子，不过每每在这时，他的眼前就又浮现出那堆用地瓜秧盖着的花生来……